Helmut Eckl
Alte Männer füttern keine Enten

W0083460

Helmut Eckl

Alte Männer
füttern keine Enten

Illustrationen von Justine Eckl

Verlag Sankt Michaelsbund

Gedruckt mit finanzieller Unterstützung durch den
„Freundeskreis der Turmschreiber e.V.", München
www.freundeskreis-der-turmschreiber.de

ISBN 978-3-943135-03-9

Erste Auflage

© 2012 by Verlag Sankt Michaelsbund, München
   www.st-michaelsbund.de

Umschlaggestaltung: Justine Eckl, Hamburg

Layout und Satz: Rudolf Kiendl, München

Herstellung: MDV Maristen Druck & Verlag GmbH, 84095 Furth

Inhalt

Alte Männer füttern keine Enten

Es sind immer die nicht beachteten Kleinigkeiten, die sich im Laufe der Zeit zusammenfügen, zusammenwachsen, sich auftürmen zu einem Berg, der unüberwindlich wird, eines Tages, einfach so.

Es begann damit, dass er den Hinterbrühler Berg hinaufradelte, Steigung 17 Prozent, mit leichten Beinen radelte er, musste nicht aus dem Sattel und sein Atem keuchte nicht.

Unbeabsichtigt lässig überholte er ein an Jahren jüngeres Pärchen, das schweratmig seine steinalten Radln den Berg hinaufschob.

„Schaug dir den grauhaareten Alten an", sagte der junge Mann zu seiner noch jüngeren Freundin, „der hat a Kraft."

Es war das erste Mal, dass ein Junger zu ihm Alter gesagt hatte und er fragte sich, ob der das durfte, einfach so und ungestraft.

Dann stand er Zeitung lesend an eine Haltestange der U-Bahn gelehnt, wunderte sich über die Schlagzeilen der Welt, als ihn ein hübsches Mädchen antippte, ihn freundlich anlächelte und fragte, aus dem heitersten Himmel heraus einfach fragte, ob er sich nicht setzen wolle. Er knurrte ein unfreundliches „Na", dass die Hübsche erschrak bis ins Mark und die übrigen Fahrgäste heftig zusammenzuckten über so viel geknurrte Unfreundlichkeit.

Als ihn an der Kasse der Alten Staatssammlung schließlich einer fragte, ob er schon in Rente sei, weil Schüler, Studenten und Rentner eine Ermäßigung bekämen, ging er wortlos und schleppte sich, da sein Körper plötzlich steinalt geworden war, auf ein Bier in seine Stammkneipe.

Der Stammtisch begrüßte ihn herzlich mit einem „Na, Alter, heut schaugst aber schlecht aus".

Er dachte sich, Arschlöcher seids, und traute sich nicht, der Bedienung sanft über den Rücken zu streicheln, wie seit Jahren üblich.

Das Bier schmeckte nach Alter, die Stammtischler redeten den üblichen Blödsinn und die Zeit verging wie immer in sinnloser Schnelligkeit. Ein Stammtisch macht müde.

Nachts schaltete er das Radio ein. Da behauptete ein ahnungslos junger Bundespräsident, dass die Alten auf Kosten der Jungen leben würden.

Der Kampf Jung gegen Alt hatte begonnen. Er wusste jetzt, dass es an der Zeit war, sich einen Revolver zu kaufen, und er tat es.

Er wollte schießen, sobald ein junger Mensch, gleich welchen Geschlechts, zu ihm Alter sagte. Rücksichtslos wollte er schießen, damit der oder die Jüngere nicht so alt werden konnte, wie er schon geworden war.

Wochenlang sagte niemand mehr Alter zu ihm. Er radelte den Hinterbrühler Berg hinauf, stellte sich müde und krumm in die U-Bahn, der Bundespräsident hielt die Schnauze, die Stammtischler schwiegen und der Alte an der Kasse der Alten Staatssammlung schwieg auch.

Den Revolver trug er in der linken Hosentasche und die beulte sich unter den neugierigen Blicken der Frauen. Er wurde keinen

Schuss aus seinem Revolver los. Das Leben machte keinen Spaß …

Aber dann feierte eine Horde Bier trinkender Jugendlicher unter seinem Balkon ein feuchtes Gelage. Er beugte sich über den Balkon, hoffnungsvoll. Die Jugendlichen lachten und küssten, tranken und rauchten, lärmten und schwiegen in bierseliger Besoffenheit.

Er beugte sich noch mehr über den Balkon. Da sahen sie ihn. Winkten ihn zu sich herunter. Er sah seine Chance. Er sah sie vor seinen Augen, wenn einer Alter zu ihm sagen sollte. Er setzte sich zu ihnen. Der Revolver beulte die linke Hosentasche. Es wurde spät und immer später. Er trank noch ein Bier. Keiner sagte Alter zu ihm.

Und dann: Ein Älterer als er tauchte auf aus der Dunkelheit der Nacht, übertönte lauthals schreiend den Lärm der jugendlichen Biertrinker und deutete auf ihn: „Und sie alter Depp, tun da auch noch mit."

Da zog er den Revolver. Die biervollen Glieder der Jugendlichen erstarrten erschrocken, der gichtige Alte erstarrte auch. Er zielte auf den Alten und drückte ab.

Es klickte, klickte einmal, zweimal, dreimal.

Der gichtige Alte war schon entschwunden, als die erschrockenen Jugendlichen ihm den Revolver aus der Hand wanden. „Gut", meinte einer, „dass sie vergessen haben, Patronen zu kaufen, aber das kommt vor, in ihrem Alter."

Und sie lachten schallend durch die friedliche Siedlung und er lachte mit und sie tranken noch ein Bier und das Leben machte wieder Spaß, irgendwie.

An der Tanke bezahlte er einen frischen Kasten Bier und sie wankten an die Isar. Seinen alten Schlafsack hatte er unter dem rechten Arm, den patronenleeren Revolver in der linken Hosentasche.

Es sind immer die nicht beachteten Kleinigkeiten, die sich im Laufe der Zeit zusammenfügen, zusammenwachsen, sich auftürmen zu einem Berg, über den man drüber gehen kann, eines Tags, einfach so.

Das Lächeln

Als ich vor 45 Jahren ein keckes Mädchen anlächelte,
lächelte verschämter Augenaufschlag zurück.

Als ich vor 35 Jahren eine junge Frau anlächelte,
schimmerte Hoffnung aus graugrünen Augen.

Als ich vor 25 Jahren eine üppige Blondine von der Bühne aus anlächelte, wussten wir beide, was wir dringend tun mussten.

Als ich vor 15 Jahren eine Dame in meinem Alter anlächelte,
bezahlte sie mit der Scheckkarte ihres Mannes das Hotelzimmer.

Als ich vor ein paar Tagen im Übermut des Alters ein 45jähriges
Mädchen anlächelte, drückte sie mir lächelnd ihre Visitenkarte in
die Hand.

Darauf stand in Großbuchstaben geschrieben: Elfriede Hilfreich,
Altenpflegerin.

Versicherungen

Heitzutag kann man sich gegen alles versichern.
Nutzen tuts nicht immer.

Ich hab mich zum Beispiel gega Unfall versichert
und bin trotzdem Oam hint draufgfahrn.

Gega Krankheit hobame aa versichert
und hob Gelbsucht kriagt.

Aber jetzt hab ich eine Sterbeversicherung gmacht.
Und die rentiert sich.

Für meine Frau hab ich auch eine Sterbeversicherung gmacht,
aber die wird sich für mich nicht rentiern, weil die Tanten und
Onkeln von meiner Frau inzwischen alle so um die neunzig sind.

Aber für meine Frau wird sich meine Sterbeversicherung schon
rentiern.

3.000 € kriagt mei Frau, wenn ich abnippl.
3.000 €, super oder?

Glangt in jedem Fall für so eine anonyme städtische Entsorgung.

Oba as Schärfste is: Dee Versicherer moana, dasse mein Beitrag
von 16 € bis zum Jahr 2032 zahl – die bescheiss ich!

Kochen

Meine Lieblingstante ist 82 Jahre alt.

Am liebsten würde sie sterben, aber noch lieber schaut sie sich im Fernsehen Kochsendungen an.

Ich hab nachgezählt: Im Fernseher laufen derzeit bundesweit siebzig Kochsendungen.

Meine Tante kocht nicht mehr.

Wer kocht eigentlich noch in diesem Land?

In diesem Land, in dem stinkende Döner und verdorrte Sandwiches mit Salatbladln und einem Bierflaschl durch die Straßen torkeln.

In diesem Land, in dem der Schweinsbraten grad so wie das gemeine Hausschwein vom Aussterben bedroht ist.

In diesem Land, in dem zwischen ermattetem Erwachen und erschöpftem Einschlafversuch keine Zeit mehr bleibt, die Kinder und eventuell sogar die Frau zu treffen, beim Mittagessen, am Sonntag.

In diesem Land kochen siebzig Köche in siebzig Kochsendungen und die Menschen sehen sich dabei satt.

Meine Tante kocht nicht mehr.

Ich zähl bis drei – dann hau ich zu!

Ich war grad einundzwanzig gworden, sozusagen volljährig vom Kopf bis in die große Zeh, als die Politik meine wunderbare Überlegenheit der Volljährigkeit schon wieder versaute: Ab sofort waren auch Achtzehnjährige volljährig. Da hatte ich mich gereckt und gestreckt, um einundzwanzig zu werden, und dann waren plötzlich die Achtzehnjährigen auch einundzwanzig. Lächerlich! Was hätte ich als Einundzwanzigjähriger beispielsweise mit einer achtzehnjährigen Volljährigen reden sollen? Übers Wetter oder was? Rotzlöfflerin, achtzehnjährige!

Ich hatte damals einen Freund, den Ade, der war achtundzwanzig. Der kannte schon die Welt mit ihren Untiefen. Der war sogar schon einmal in München im Puff gwesen. Auch so ein Objekt meiner ungestillten Begierde. Der Ade wollte mich dahin einmal mitnehmen, gelegentlich. Irgendwie ergab sich keine Gelegenheit.

In Neumarkt in der Oberpfalz gab es aber ein Nachtlokal, den Nachtfalter. Und es ergab sich die Gelegenheit, dass mich der Ade an Fasching in den Nachtfalter mitnahm. Der Ade war ein Kleiderschrank mit Abortdeckelhänden. Und Bettwäscheverkäufer war er auch. Er kannte die Damen des Landkreises und auch manches Bett dieser Damen näher. Der Ade war mein Vorbild. Ich wollte auch einmal Bettwäsche verkaufen. Aber nicht nur im Landkreis Neumarkt, auf der ganzen Welt wollte ich Bettwäsche verkaufen. Gnädige Frau, darf ich ihnen meine neue Kollektion vorstellen?

In den Nachtfalter durften nur volljährige Menschen. Mit einundzwanzig Jahren war ich von grad auf sofort übervolljährig geworden.

Ade klopfte an die geschlossene Tür des Nachtfalters. Ah, der Ade, sagte eine Stimme und die Tür ging auf. Und der, fragte eine Stimme, als ich mich neben dem Ade durch die Tür drängeln wollte. Bassd, sagte der Ade, einundzwanzig. Schaut aus wie noch nicht amal achtzehn, sagte die Stimme. Volldepp, dachte ich mir und zupfte an meinem baldigen Oberlippenbart.

Der Nachtfalter war dezent lagunenblau ausgeleuchtet, düsterig irgendwie. An den Wänden posierten auf glitzrigen Plakaten nackerte Frauen. Mein lieber Mann!

Das Lokal war schon rappelvoll. Ade und ich, eigentlich mehr der Ade, bekamen einen wunderbaren Platz an einem runden Tisch in der Mitte des Lokals. Ich durfte meinen Stuhl schräg hinter Ades Stuhl rücken. Kaum hatte ich mit glühenden Wangen Platz genommen, als das Licht auch schon zu einem Lichtlein wurde.

I can't get no satisfaction dröhnte aus unzähligen Lautsprechern. Der Boden vibrierte, der runde Tisch vibrierte. Ein gleißender Lichtspot zuckte durch den Nachtfalter. Auf dem runden Tisch, zum Hinlangen nah, wand sich eine mit einem hauchdünnen blauen Nachthemd bekleidete gertenschlanke Frau im Takt der Musik. Sensationell! Das Publikum, also die Männer, waren entzückt. Ich war entzückter. Bei jeder Drehung der Dame glitt das hauchdünne Hemderl ein paar Zentimeter tiefer. Es glitt von den schmalen Schultern, es glitt vorsichtig über unglaublich zarte Brüste, gab den schönsten Bauchnabel der Welt frei, glitt über gekräuseltes pechdunkles Schamhaar, das zu einem Herz rasiert war, glitt über die wohlgeformtesten aller Schenkl, umschlang sanftig ihre Knöchl. Tief verbeugte sich die Dame.

Die Männer pfiffen, klatschten, bravoten kehlig, ich auch. Ade erhob sich, wollte der Dame einen gefalteten Geldschein überreichen, als ein gerade volljährig gewordener Jungjüngling die Dame mit Schampus unmäßig nass spritzte. Die Dame, gerade noch beifallsumtost, schrie gedemütigt auf. Ades Haar glänzte schampusnass.

Gehma naus, sagte der Ade zu dem Volljährigen. Der ging mit, mit dem Mut eines Volljährigen. Draußen sagte der Ade: Du entschuldigst dich bei der Dame, zahlst ihr einen Fufzger. Wenn nicht, zähl ich bis drei und dann hau ich dir eine rein. Der Volljährige, ein Kleiderschrank wie der Ade, Hände wie Abortdeckel, grinste. Fang zum Zähln an. Ade zählte: Oans, zwoa – und bei zwoa haute der Ade zu.

Die Nase des achtzehnjährigen Volljährigen verformte sich zur Unkenntlichkeit, der Jungjüngling sehnte sich zu Boden und der Boden nahm ihn freundlich auf. Grührt hat er sich nicht mehr. Nehmtsn mit, sagte der Ade zu den Freunden des Jungjünglings, und die nahmen ihn mit.

Ich ging mit dem Ade wieder in den Nachtfalter. Jetzt kommt Eine, sagte der Ade, da hauts dich um. Echt?, sagte ich. Echt!, sagte der Ade. Und dann sagte der Ade noch: Merk da dees, bei zwoa immer zuahaun.

Ich hab es mir gemerkt und war ziemlich lang damit sehr erfolgreich. Bis ich einen troffen hab, der nur bis eins zählen konnte.

Radeln an der Nordsee

Radeln an der Nordsee muss wunderbar sein. Da sind ja selbst die Berge flach, sagt die Landkarte. Da kannst dahinsausen. Salzluft in den Haaren. Frische Salzluft in der Lunge. Und flache Berge.

Wir hatten uns in Otterndorf einquartiert. Rund um Otterndorf ist alles flach. Die höchste Erhebung in Ottendorf liegt 64 Meter über dem Meer.

Wir wollten uns in Cuxhaven treffen. Zum Mittagessen mit gebratenen Heringen. Die Frau und die Tochter wollten mit dem Auto fahren, ich wollte radeln, logisch. 54 flache Kilometer sind ja nix für meine Wadeln. Hab ich locker in drei Stunden oder noch weniger. Alles flach.

Um neun Uhr morgens stieg ich aufs Radl. Die Sonne war mein Freund. Der Wind, so ein Gegenwind von allen Seiten, weniger. Ich radelte schweißgebadet fast im Stand. Der Gegenwind pfiff in gnadenloser Rücksichtslosigkeit über dieses flache Land, ich atmete schwer.

Ich blickte auf meinen Tacho. Durchschnittsgeschwindigkeit etwa fünf Stundenkilometer. Ich war auf einem guten Weg zum Wahnsinn. Schafe trabten neben mir, blökten mich strohdumm von der Seite an, überholten mich mitleidlos. Blöde Viecher, ich schneid euch die Gurgel durch. Grille Lammkoteletts.

Ich strampelte mir meine schwarze Seele aus dem Leib. Ein Vorwärtskommen erschien aussichtslos. Ich wollte mein Fahrradl im Meer versenken und weinen. Ich wollte nie mehr Radlfahren. Doch: Ich wollt auf einen Berg hinaufradln und auf der anderen Seite wieder hinunterdüsen. Aber im Flachen radln, wollt ich nicht mehr. Bei nordischem Gegenwind im Flachen radln ist die Höchststrafe.

Die Frau und die Tochter hatten die gebratenen Heringe bereits genossen, als ich ankam. Platt wie eine Flunder. Nervlich schwer zerrüttet.

Natürlich wollt ich zurückradln. War ja alles flach und Gegenwind konnte auf dem Rückweg nicht sein.

Auf dem Rückweg war wieder Gegenwind. Warum eigentlich? Natürlich blökten die Schafe wieder strohdumm und überholten mich mitleidlos. Die 64 Höhenmeter in Otterndorf wurden zur Tour der Leiden.

Am Abend verspeiste ich Lammkoteletts und sehnte mich nach meinen bayerischen Bergen.

Aber ich wusste jetzt: An der Nordsee ist das Flache bergiger als wie bei uns.

Max Beckmann

Natürlich muss ich den Max Beckmann in der Pinakothek der Moderne sehen.

Natürlich ist an der Kasse eine uferlose Schlange.

Natürlich bin ich wie immer der Letzte.

Natürlich wollte ich seine Frau Quappi in Blau mit Boot sehen.

Natürlich: Diese Weichbusige mit den saftprallen Schenkeln.

Natürlich fragte mich der verdorrte Herr an der Kasse: Sind Sie schon fünfundsechzig? Da gäbs eine Ermäßigung!

Ich will jetzt noch keine Ermäßigung, knurrte ich.

Natürlich ist dann sein Kassencomputer ausgfalln.

Natürlich hat er mich angschaut, als ob ich daran schuld wär.

Natürlich geh ich nie mehr in ein Museum.

Natürlich is mir jetzt a völlig wurscht, wer wen warum ausstellt.

Natürlich interessiert mich kein Picasso, kein van Gogh, kein Claude Lorrain, kein Franz Marc mehr, wenn der an der Kasse fragt: Sind Sie schon fünfundsechzig? Darf ich Ihren Ausweis sehn?

Natürlich flieg ich nächste Woch mit meinem dreiundsechzigjährigen Freund Paul nach Paris.

Natürlich gehn wir da in die Ausstellung: Geheimnisse der Erotik.

Natürlich ist die Ausstellung nur für über Achtzehnjährige erlaubt.

Natürlich werden wir da unsere Ausweise vorlegen müssen.

Natürlich gern!

Ti-Komm

Wissens, sagt der nette Herr auf der Post zu mir, besonders für ältere Herrschaften ist das mit der Telefonummeldung jetzt viel einfacher als wie früher. Schauns, jetzt unterschreibens da und schon ist ihr Telefon umgmeldet.

Also, das ist für ältere Herrschaften ja wirklich wunderbar, sag ich zu dem netten Herrn auf der Post und überleg mir, ob ich ihn für so viel aufdringliche Nettigkeit nach dem Unterschreiben einfach niederschlag.

Aber ich komm nicht dazu, weil der nette Herr auf der Post mir übergangslos die Welt erklärt:

Und jetzt, sagt er zu mir, jetzt gehns heim, steckn ihr Telefon in Solln aus, steckn ihr Telefon in Moosach ein und morgen telefoniern Sie mit der Welt.

Wie alt der nette Herr wohl ist, denk ich mir beim Hinausgehen? Vielleicht achtundzwanzig? Auf jeden Fall nehm ich mir vor, ihn niederzuschlagen, wenn er mir in der U-Bahn einen Sitzplatz anbietet.

Ich hab also ein paar Stunden später in Solln mein Telefon ausgsteckt und in Moosach am nächsten Tag eingsteckt und konnte nicht mit der Welt telefonieren. Herrschaftzeiten, zu blöd zum Telefonieren!?

Wie meine Tochter aber dann auch nicht telefonieren konnte, sie ist auch schon achtundzwanzig Jahre alt, geh ich wieder zu dem achtundzwanzigjährigen netten Herrn auf der Post und sag zu dem, dass ich nicht mit der Welt telefonieren kann und dass das Telefon auch nicht amal klingelt.

Das tät ihm aber leid, sagt da der nette Achtundzwanzigjährige auf der Post zu mir, da könnt er nix tun, aber da bräucht ich nur die Hotline von Ti-Komm anrufen und schon wär alles gregelt – bsonders für ältere Herrschaften, gell, sag ich zu dem und da schaut der mich an, als tät er jetzt mich am liebsten niederschlagn.

Weils Telefon ja noch nicht geht, muss ich mobil anrufen: 08003301000.

Diridiridari!

Guten Morgen, herzlich willkommen beim Kundenservice von Ti-Komm. Sagen Sie mir bitte, worum es geht.

Es gang …

Beratung.

Es gang …

Nachfrage zu einem Auftrag.

Es gang …

Rechnung oder Störung.

Es gang …

Entschuldigung, ich habe Sie nicht verstanden.

Es gang …

Wählen Sie aus einem der nachfolgenden Bereiche: Beratung, Nachfrage zu einem Auftrag, Rechnung oder Störung.

Beschwerde!

Entschuldigung, das konnte ich nicht verstehen.

Beschwerde.

Entschuldigung, das konnte ich nicht verstehen.

Beschwerde.

Entschuldigung, das konnte ich nicht verstehen.

Meine sehr verehrten Damen und Herren, mein Telefon funktioniert inzwischen. Aber ich möchte Ihnen in diesem Zusammenhang eine Nachricht nicht vorenthalten, die ich vor einigen Tagen aus dem Radio vernommen habe:

München, Moosach: Die skelettierte Leiche eines Münchner Rentners wurde in einem Reihenhaus an der Allacher Straße entdeckt. Der Rentner hielt in der verkrampften rechten Hand sein Handy und war mit dem Kundenservice von Ti-Komm verbunden. Eine freundliche Frauenstimme flötete aus dem Handy: Entschuldigung, ich habe Sie nicht verstanden.

Der Herzensverbrecher

Als er mit seinen tiefblauen Äuglein die kugelrunde Hebamme anlächelte, bekam diese erstmals in ihrer über dreißigjährigen Heb-
ammenkarriere weiche Knie und es hätte nicht viel gefehlt und
die Sinne wären ihr geschwunden beim Anblick dieses traumhaft
schönen Lächlers.

Die Hebamme drückte das Bubilein herzallerliebst an ihren gewal-
tigen Busen und hätte es dort bis ans Ende ihrer Tage hingedrückt,
wenn die Mutter des Bubileins nicht heftig dagegen protestiert
hätte.

Eine im tiefsten Herzen verletzte Hebamme blieb zurück, als
die stolze Mutter den Kinderwagen mit ihrem wunderhübschen
Söhnlein ins Leben hinausschob.

Die Mutter liebte ihr Söhnlein vom ersten Augenblick des Lebens
an mehr als alles andere auf der Welt und die weibliche Verwandtschaft verliebte sich auch in diesen Prachtkerl der Natur, und als
die Natur diesen Prachtkerl auch noch prächtigst gedeihen ließ,
war es nicht nur um die weibliche Verwandtschaft, sondern um
alle Frauen geschehen, die dem Blauäugigen in der U-Bahn, in der
Fußgängerzone oder in der Disco begegneten.

Der Blauäugige war auf den Namen Erwin getauft und als Erwin
der Schöne liebte er sich durch die Betten der Kleinstadt, liebte
darauf von Hamburg bis Garmisch und am Ende von München
bis Shanghai.

Wenn sich Erwin scheiden lassen musste, warteten Mütter mit ihren Töchtern meist schon an der nächsten Hotelbar auf ihn, und wenn Erwin sich nicht entscheiden konnte, entschied er sich selbstlos für Mutter und Tochter.

Im Laufe der Jahre alterte Erwin allmählich in den vielen Betten neben den vielen Frauen. Und sein Freund, der Arzt, empfahl Erwin, sich um einen Platz in einem Altenheim zu kümmern, und Erwin sah das nicht ein, beugte sich aber nach einem leichten Schlagerl doch dem Rat seines Freundes. Das Altenheim befand sich im Münchner Glockenbachviertel und trug den schönen Namen „Lebensruh."

Tante Erna war lebenslang eine feine Dame gewesen. Elegant, hübsch, nicht unvermögend, den Freuden des Lebens nicht abgeneigt, gscheit, belesen und weitgereist. Sie trug vornehmlich rote Kostüme, schwarze Lederhandschuhe und leider gschmacklose Hüte.

Als Tante Erna ins Altenheim „Lebensruh" sozusagen fast zwangsweise eingeliefert wurde, begann ihr Zerfall an Leib, Geist und Kleidung rapide.

Sie weigerte sich, ihre braungetönte Lockenpracht wenigstens einmal wöchentlich zu schamponieren, trottete feindselig gegen jedermann in ihrem ehemals sündteuren Bademantel durch die Gänge des Altenheims, qualmte verbotenerweise Reval und trank ziemlich unmäßig portugiesischen Portwein.

Die Verwandtschaft erwägte bereits, sie in eine geschlossene Anstalt einliefern zu lassen, als Tante Erna eine radikale und völlig unverständliche Kehrtwendung in Lebensstil und Äußerlichkeit vollzog.

Sie lüftete ihr Appartement mehrmals täglich, bestellte Maniküre und Pediküre, duschte ausgiebig und hingebungsvoll, ließ sich die neuesten Bestseller ins Heim liefern und kaufte sich den letzten modischen Schrei eines Bademantels. Sogar auf die Auswahl ihrer Unterwäsche legte Tante Erna wieder allerhöchsten Wert.

Tante Erna blühte auf. Die Heimleitung verneigte sich, die Verwandtschaft wunderte und ärgerte sich und Erwin erschien allabendlich bei ihr mit einer Rose im Knopfloch und einem Blumenstrauß in den Händen.

Tante Erna war glücklich, Erwin erschien glücklich und das Altenheim „Lebensruh" erbebte durch die altersfrische Liebe in seinen Grundfesten.

Auffallend für den täglichen Besucher des Altenheims war, dass sich die männlichen Bewohner dieses Heims immer hartnäckiger hinter ihren Fernsehern versteckten und die Frisörrechnungen der Bewohnerinnen sich mindestens verdreifachten.

Es kam ein Tag, der nicht wie jeder andere Tag im Altenheim „Lebensruh" werden sollte. Jedenfalls saß Tante Erna belustigt in ihrem großen Ohrensessel und nahm nicht teil an der Aufgeregtheit der Heimleitung, der Altenpfleger und -pflegerinnen, der Köche und der Heiminsassen.

Erwin stand am Haupteingang, elegant, mit einer Rose im Knopfloch und wartete auf ein Taxi. Neben seinen blankgeputzen Lackschuhen standen zwei Koffer. Seinen Laptop trug er um die linke Schulter gehängt. Bis auf Tante Erna drückten sich alle weiblichen Heimbewohner die Nasen an den zitronensauberen Fensterscheiben platt.

Erwin fuhr ab und winkte freundlich.

Sehr zögerlich, aber dann doch umso heftiger, erfuhr man, wie es zur Abreise von Erwin hatte kommen müssen.

Erwin liebte Tante Erna und neben Tante Erna auch noch die anderen Frauen des Heims. Er konnte nichts dagegen tun, mit seinen blauen Augen. Es wäre auch alles gut gewesen, wenn Tante Erna nicht von den anderen Damen und die anderen Damen nicht von all den anderen Damen und von Tante Erna erfahren hätten.

Aber, Erwin hatte sein Gebiss vergessen, einfach so vergessen in einem Appartement einer dieser Damen. Erwin durchstreifte verzweifelt mit eingefallenem Mund die Zimmer dieser Damen. Und so kam ans Licht, was im Dunkeln hätte bleiben sollen: Erwin liebte sie alle.

Die Heimleitung empfahl Erwin, „Lebensruh" zu verlassen. Man fürchtete um die letzten Jahre seines Lebens.

Erwin entschied sich für ein betreutes Wohnheim mit dem Namen „Lebensglück" in der Nähe von Bad Tölz. Die Damen des Wohnheims „Lebensglück" drückten sich die Nasen an den zitronensauberen Fensterscheiben platt, als Erwin aus dem Taxi stieg.

Kaum war Erwins Taxi um die Ecke gebogen, fuhr noch ein Münchner Taxi vor. Tante Erna entstieg ihm siegesgewiss.

Ein Indianer aus Niederbayern

Drei Autostunden von München, vom Trubel der irrsinnigen Schnelligkeit dieser Welt völlig vergessen, liegt mein Dorf in einem saftgrünen Wiesental mit einem klarsichtigen weidenbeuferten Bach, in dem Flusskrebse unter Steinen wohnen und Koppen sich vor den gefräßigen Forellen verstecken.

Am südlichen und am nördlichen Dorfausgang wachen Mischwäldchen über das Dorf, damit der Kirche, den zwei Wirtshäusern, dem Schulhaus und den kleinen rotdachigen Häusern nichts passiert. Das Dorf ist wohl schon seit einigen hundert Jahren in das Oberdorf und das Unterdorf eingeteilt. Jedenfalls erinnern sich die Ältesten der ganz Alten daran, dass das immer schon so gwesn sei und dass die Oberdorfler und die Unterdorfler seit Menschengedenken genügend Gründe hatten, sich in gnadenloser Lebenslust bei jeder passenden und unpassenden Gelegenheit gegenseitig rumzufotzen.

Ich wurde im Unterdorf geboren und wäre wohl zeitlebens ein Unterdorfler blieben, wenn ich kein Indianer gworden wär. Und die Oberdorfler Boum waren auch keine Oberdorfler, sondern Indianer, Apachen wie wir. Der Häuptling der Apachen nannte sich Rote Feder und wurde nur vom Lehrer Meier, der natürlich von Nix am meisten Ahnung hatte, Rigobert gerufen. Ich wär auch gern der Häuptling der Apachen gwesen, musste aber als Blaue Feder der Stellvertreter der Roten Feder sein, was mich abgrundtief grämte. Aber die Rote Feder war älter als ich, die Rote Feder war größer als ich und die Rote Feder war stärker als ich.

Da mit dem baldigen Ableben der Roten Feder nicht zu rechnen war und meine Aussichten, bei den Apachen Häuptling zu werden, auf Jahre hinaus geradzu völlig unmöglich erschienen, ich es aber nicht ertragen wollte, nur Zweithäuptling zu sein, gründete ich meinen eigenen Stamm. Wir nannten uns Siouxindianer und der Häuptling nannte sich Blaue Feder und der Häuptling war ich.

Und so kam es, dass sich in meinem Dorf eine jahrhundertealte Tradition fortsetzte: Oberdorf gegen Unterdorf. Die Oberdorfler hießen allerdings nicht Oberdorfler, sondern Apachen und wir Unterdorfler waren die Sioux.

Und dass so Indianer gegeneinander kämpfen müssen, ist die klarste Sache der Welt und so haben wir gekämpft und wieder gekämpft, gewonnen, verloren, geflennt, gelacht, den Rotz ins Hirn hinaufgezogen oder durch die Finger gschneuzt. So wär das auch ewig weitergangen, wenn nicht, ja wenn nicht.

Die Rauchzeichen der Apachen verkündeten wieder Krieg. Aber die Rauchzeichen verkündeten auch, dass dieses Mal nur die Häuptlinge gegeneinander kämpfen sollten, und der Gewinner sollte der Häuptling aller Indianer, der Sioux und der Apachen, sein.

Mir graute. Die Rote Feder war größer als ich, die Rote Feder war älter als ich, die Rote Feder war stärker als ich.

Unser Medizinmann umarmte mich ein letztes Mal und flüsterte mir ins Ohr, dass er viele Heilkräuter für eine gebrochene Nase wüsste. Dann segnete er mich mit einem Wauta, Wauta, Wauta und ich begab mich mit einigen getreuen Kriegern zum Mittelkreis des Fußballplatzes. Die Apachen ließen mich zittrig warten.

Unter ohrenbetäubenden Kriegsgeheul, das ich nicht amal aus Indianerfilmen kannte, buntbemalt wie Götterfratzen, brachen wie aus dem Nichts urplötzlich hinter dem gegnerischen Tor die Apachen hervor und stürmten ebenfalls zum Mittelkreis.

Und dann traute ich meinen Augen nicht. Aus der Mitte der Apachen trat ein Mädchen, wahrlich keine Schönheit. Sie pflanzte sich vor mir auf, drehte sich dann um, zeigte auf Rigobert, die Rote Feder. „Ihn habe ich besiegt", kehlte sie mit überdrehter Stimme „und dich werde ich jetzt besiegen."

Da lächelte ich und vergaß, dass sie die Rote Feder besiegt hatte, die älter, größer und stärker war, als ich je werden konnte.

Sie nannte sich Red Rita und war ein dürres rothaariges Gschöpf, mit einem sommersprossigen Gsicht und einem langen Zopf. Ihre Augen funkelten grünlich und bösartig.

Wir nahmen Aufstellung. Kaum hatte sich der schwarze Pfeil des Medizinmanns in den grünen Rasen des Fußballplatzes gebohrt, da stürzte sich Red Rita in katzenartiger Wildheit auf mich, stellte mir den Hax, packte mich an der Gurgl, dass mir Tränen in die Augen schossen. Ich packte ihren Zopf, zog ihn nach hinten, sah in ihre grün funkelnden Augen. Sie gurgelte noch fester, werkelte wie verrückt auf meinem Körper hin und her, was ich, welch ein Wunder der Natur, irgendwann als durchaus wohlig empfand, wenn dieser harte Griff an meiner Gurgl nicht gwesen wär, spürte aber dann zu meiner Überraschung, und sie dürfte auch überrascht gewesen sein, wie sich meine vorpubertäre jugendliche Unbekümmertheit zwischen ihre dünnen Schenkeln drängte. Da drückte sie noch wütender zu und ich hielt nur noch ihren Zopf fest und sah in ihre grün funkelnden Augen.

Ich denke, dass wir einige Sekunden in dieser Stellung blieben und ich durfte dann den leisen Druck ihres dürren Unterleibes verspüren und ich muss unter ihrem Würgegriff glücklich gelächelt haben, da sich Sanftmut in ihre grün funkelnden Augen schlich.

Wir lagen noch einige Zeit in dieser wohligen Umarmung. Als wir uns umblickten, hatten unsere schreckensbunt bemalten Krieger, die Oberdorfler Apachen und die Unterdorfler Sioux, mit ungläubigem Entsetzen in den weit aufgerissenen Augen schon längst die weiteste Weite unseres Wiesentales gesucht.

Tambosi

Ich hatte mich mit dem 412-Seiten-Buch „Das Ende ist mein Anfang" vom Tiziano Terzani bewaffnet. Mich im schneelosen, aber sonnenvollen Januar ins Tambosi auf einen der freien Korbsessel gelümmelt. Hatte es mir gemütlich machen wollen mit diesem geistvollen Buch über Liebe, Krankheit und Trauer, über die Vergänglichkeit. Der freundliche Ober war schneller als wie der Wind mit einem Cappuccino angerauscht. Und ich durfte im Freien Zigarettenrauch kräuseln lassen. Und lesen: „Beeil Dich, denn ich glaube, mir bleibt nicht mehr viel Zeit."

Ich blinzelte in die wohlige Sonne. Blickte in maßloser Erstauntheit auf die von Agostino Barelli erbaute und von Kurfürstin Adelaide als Dank für die Geburt eines Thronfolgers finanzierte Theatinerkirche. Der Thronfolger hieß Max Emanuel und zeitlebens blieb dem viel Zeit, sich auszutoben.

So träumte ich also launig vor mich hin, als am Nebentisch zwei geschmückte Damen Platz nahmen, die mich und die wohlige Sonne hinter ihren dunklen Sonnenbrillen ignorierten. Beim windeseiligen Ober bestellten sie zwei Prosecchi, kuschelten sich in ihre Sessel und befeuerten süchtig ihre Benson & Hedges.

Ich wollte dem anregenden Gespräch der Damen eigentlich nicht lauschen, aber ich musste, als so Wörter in meine Gehörgänge rauschten, die Damen gewöhnlich nicht über ihre rotmundigen Lippen entweichen lassen.

Kennst den, fragte die eine Dame die andere, die nicht wissen konnte, wen sie kennen sollte, und folgerichtig nein sagte. Na der, der letzthin im Grappolo die Beate aufgrissen hat. Ach der! Den kannte sie natürlich. Und, was is mit dem, wollte sie wissen. Die Beate muss bsoffn gwesen, sein, dass sie sich mit dem einglassn hat. Warum? Weil der Typ ein Arschloch ist. Ein arrogantes, impotentes Arschloch. So, so, woher weißt denn das? Hab ihn selber ausprobiern wolln!

Sei duads wos, mit dee Manner. Dee gscheidn san nimmer aufm Markt und dee andan konnst vergessn. So is.

Wia gehts deim Verflossna. Is scho wieder gschiedn. Und wos is mit deim. Keine Ahnung.

Herr Ober, no zwoa Prosecchi.

Ich begann wieder zu lesen. „Ich bin so froh, mein Sohn. Ich bin jetzt sechsundsechzig, und mein Leben, diese große Reise, geht dem Ende zu. Ja, ich bin an der Endstation angelangt. Aber ohne Trauer, im Gegenteil, fast mit einem Schmunzeln."

Dass wir auch immer auf so Trotteln hereinfalln. Wenns ein Geld ham, sinds blöd, und wenns keins ham, sinds noch dazu verheirat. Alles is so beschissn.

Seite 9 steht: „Und wenn du mich fragst: Wie geht es dir?, kann ich nur antworten: hervorragend. Mein Kopf ist frei, ich fühle mich wunderbar. Nur dieser Körper fault vor sich hin und ist inzwischen überall leck."

Trinkma no oan. Weils wurscht is. Herr Ober!

Ich konnte nicht mehr weiterlesen. Schaute wieder auf die Theatinerkirche, hinter der sich langsam die Sonne versteckte, schaute auf die geschmückten Damen mit den in die Reife geratenen Gsichtern. Fragte mich, wies mir selber geht, und gab mir lieber keine Antwort.

Wo gehma heid Omd hin, fragte die eine Dame die andere Dame. Vielleicht in Bachmeier. Do warn letzthin ganz nette Typn drin.

Ich nehme mir vor, dort heut Abend nicht hinzugehn.

Inzwischen hatten sich am anderen Nebentisch zwei nadelstreifige Banker niederglassen. Es daxte und dividendete neben mir, die Welt rauschte in einen einzigen Kursverlust, alle Weiber waren blöd, aber man wollte die Hoffnung nicht aufgebn und wieder einmal einen draufhaun, im Bachmeier, heut Abend. Eigentlich war eh alles wurscht.

Eigentlich schon. Denn die eine geschmückte Dame sagte zur anderen geschmückten Dame über mich, als ich am Gehen war: Host den Typn gseng. Völlig verbittert.

Die geschmückten Damen und die nadelstreifigen Herren werden einander heut Abend im Bachmeier begegnen. Bin neugierig, was sie mir morgen im Tambosi erzählen werden, völlig verbittert.

Das gestohlene Fahrrad

Sind Sie schon amal in minutenlanger Fassungslosigkeit vor einem leeren Fahrradlständer gstandn?

Ich schon!

Ich konnte minutenlang das Unglaubliche nicht glauben und glaube es eigentlich noch immer nicht so recht.

Aber es stimmt!

Man hat mir mein Mountainbike gestohlen.

Mein Lightning Dynamics mit

Shimano XT-Schaltung,

vollhydraulischen Magura Felgenbremsen,

Rahmenhöhe 52,

Farbe schwarz.

Ein Traum von Fahrrad für jeden Mann ab fünfzig, der grad keine Geliebte hat.

Und dass mir mein Radl gstohln wird, mir, grad mir, das ist ja das eigentlich Unglaubliche.

Ich hab ja immer gsagt, hättst gscheit abgsperrt, täts noch dastehn.

Meins war gscheit abgsperrt und is trotzdem nimmer da gstandn.

Erst hab ich ja gmeint: Scheiß Alzheimer. Wo steht mein Radl?

Ich hab das Anwesen Leo 3 umkreist wie ein geprügelter Hund.

Nix Dynamics. Weit und breit kein Lightning Dynamics.

Es dauert echt Minuten, bis man das begreift.

Ich war ja so was von persönlich beleidigt.

Hab dem Dieb selbstverständlich gnadenlose Hals- und Beinbrüche gwunschen.

Wahrscheinlich ist er elend in einem Straßengraben verblutet, von Gewissensbissen zerfressen.

Könnt aber auch sein, dass dieser Sack mit meinem Radl in Moskau spazieren fahrt. Auf und ab vor dem Kreml.

Also, hat die Polizistin auf dem Polizeirevier gsagt, wenn Sie den Dieb sehen sollten, rufen Sie uns sofort an.

Mach ich, hab ich gsagt. Aber vorher sprech ich mit dem noch ein bisserl. So von Eckl Helmut zu Dieb.

Dieser Tage hab ich von der Staatsanwaltschaft München I, Aktenzeichen 1461 UJs 828540/06 ein Schreiben erhalten:

Sehr geehrter Herr Eckl,
das Ermittlungsverfahren wurde eingestellt, weil der Täter bisher nicht ermittelt werden konnte.

Na ja, vielleicht lauft er mir ja eines Tags doch noch über den Weg, in Schwabing oder so, mit meinem Dynamics Lightning – aber dann – dann werd ich mit dem ein bisserl sprechen, so von Eckl Helmut zu Dieb, und danach braucht der keine Polizei mehr.

Ausverkauft

Da kommt dieser Anruf aus dem Fraunhofer Theater.

Du, Helmut, am 5. Juli samma ausverkauft.

Wia dees?

Du, jemand hod de ganze Vorstellung kauft.

Is ja lustig. Do brauchma koa Werbung mehr macha und voll is trotzdem.

Genau.

Ja, sowos.

Und der 5. Juli kam näher und ich freute mich auf diesen Tag, der per Überweisung bezahlt worden war, von einem Fremden, vielleicht auch einer Fremden.

Und der Tag kam und die Stunde kam. Pünktlich setzte ich mich auf die Bühne. Das Theater gähnte Leere. Irritation machte sich in meinem Körper breit. Da quietschte die Eingangstüre mittelalterlich. Eine verschleierte Frau erschien, nahm umständlich in der ersten Reihe Platz, klatschte zwei-, dreimal in die Hände. Dann nickte sie auffordernd mit dem Kopf und ich begann meine Lesung.

Sie klatschte nach jedem Text Beifall wie ein volles Theater. Ich las der Fremden über eine Stunde ohne Pause vor. Als der letzte Text gelesen war, verbeugte ich mich vor ihr. Sie klatschte lange. Dann ging sie.

Eine Vorstellung mit mir hat sie nie mehr gekauft, leider.

Die Begegnung

Ich hatte mich auf diesen Abend so gefreut. Eine Lesung vor fünfzig, sechzig Leuten. Vor Leuten, die wegen mir kommen würden und nicht wegen jemand anderem. Vor Leuten, die Eintritt gezahlt haben würden, wegen mir, und das freiwillig. Wohligkeit war in mir. Vorfreude vertrieb diese Aufgeregtheit, die immer Schmetterlinge im Bauch tanzen lässt.

Ja, ein wunderbarer Abend würde das werden in der Liederbühne Robinson in der Dreimühlenstraße. Die Wirtin Rosi würde mir wortlos ein Bier über den Tresen schieben. Wohlwollen würde sein, wenn ich auf die Bühne kraxelte. Saugut gehts mir, würde ich denken und sonst gar nichts.

Und es wurde wunderbar, am Anfang. Roth-Händle-Rauchschwaden kräuselten sich unter die geduckte Decke der Liederbühne Robinson. Das Publikum zeigte sich mir zugeneigt bis zur Selbstaufgabe. Da sah ich sie. Sie: Leidvoll vorwurfsvoll ihr Blick aus traurigen Augen. Mit den grauenvollsten Versprechern flog ich aus der dichterischen Umlaufbahn. Pause.

Wortlos schob mir Rosi ein Bier über den Tresen. Fragte, was plötzlich los sei. Keine Ahnung, antwortete ich und kraxelte klapprig wieder auf die Bühne. Ihr Stuhl war leer. Ich kehrte in meine Umlaufbahn zurück.

Als ich alle Autogramme geschrieben hatte, legte plötzlich jemand seinen Arm auf meinen Arm: Sie.

Ich wollte sie kennenlernen, sagte sie. Ich habe einen vierjährigen Sohn, sagte sie weiter. So, so, hörte ich mich antworten. Und seit einem halben Jahr muss ich ihm vorlesen, fuhr sie fort. Immer nur den „Bibe Atzinger".

Immer nur den „Bibe Atzinger"?, traute ich mich zu fragen. Immer nur den „Bibe Atzinger", war ihre Antwort.

Mein Lieblingsbuch, presste ich heraus.

Meines nicht mehr, antwortete sie. Seit einem halben Jahr nur „Bibe Atzinger". Jeden Abend „Bibe Atzinger". Jeden Abend die gleichen neun Geschichten. Mein Sohn schläft ohne „Bibe Atzinger" nicht ein. Wissen sie, was das heißt?

Ich wusste es nicht.

Ich trank mit dem leidvollen vorwurfsvollen Blick ein Bier. Versprach, gelegentlich vorbeizukommen, zum Vorlesen, zum Vorlesen von neun Geschichten vom „Bibe Atzinger", für ihren vierjährigen Sohn.

Vom Stäbli- zum Dantebad

Nach 30 Jahren hab ich mich vom Stäblibad verabschiedet und am ersten Weihnachtsfeiertag noch einmal alles genossen:

Die Finnische Sauna, das Dampfbad, das Schwimmbecken, das Tauchbecken, das Kneippbecken, den Wasserlauf, den Rundweg und die Ruheinsel. Von der Sonnenterrasse und der FKK-Außen-liegefläche konnte ich mich am ersten Weihnachtsfeiertag nicht verabschieden. Aber es ist mir gelungen, den Stahlkörpern und den Schlappschwänzen, den großen und den kleinen Busen, den Hängebäuchen, den Dickbäuchen, den Schönhaxigen und den Krummhaxigen, den Kurzhaarigen und den Grauhaarigen, den Schönarschigen und den Fettarschigen, den Faden und den Lustigen heimlich „Servus" zu sagen.

Am ersten Januar bin ich dann zu meiner neuen Wellness-Heimat gradelt, dem Dante-Winter-Warmfreibad. Es hat leider nicht gschneit, dafür ist mir aber das Regenwasser zum Gnack hinein, hat sich am Rückgrat entlang geschlängelt, die Unterhose durchnässt und hat in den Turnschuhen schwappend meine fröstelnden Zehen liebevoll umspült. Eigentlich hätt ich nicht mehr zum Schwimmen müssen, aber in die Sauna wollt ich unbedingt.

Hab schließlich glesn, was da alles gibt: Finnische Sauna (90 Grad), eine Biosauna (65 Grad mit Bergkristall), ein Dampfbad (45 Grad) und eine Blockhaussauna. Natürlich auch Fußbäder, Ruheräume, Tauchbecken, Kneippbereich.

Dass es auch Stahlkörper und Schlappschwänze, große und kleine Busen, Hängebäuche und Dickbäuche und so weiter und so fort geben würde, hab ich mir denken können.

Vor dem Schwimm- und Saunagenuss steht die Umkleidekabine. Selbst am 1. Januar. Aber, am 1. Januar stand ich da fast ganz allein. Gähnend leer starrten mich die Umkleideschränke an. Keiner wünschte mir ein Gesundes Jahr. Ich zerrte meinen Körper aus dem klebrig-nassen Gwand, als ich ein dezentes Klopfen auf meiner Schulter spürte. Ab dem Bauchnabel war ich bereits kleiderfrei, nur das Unterhemd verdeckte mir noch den Blick, als ich mich nichts sehend umwandte und die Stimme einer älteren Dame vernahm: „Kenna Sie mir amoi helfa?"

Als ich das Unterhemd endlich abgestreift hatte, stand ich nackt vor einer badebemäntelten älteren Dame, was ich im Umkleidebereich durfte.

Die Plastik-Eintrittskarte der Dame hatte sich verklemmt. Ich war selbst überrascht, als ich die Eintrittskarte aus dem Schließmechanismus der Umkleidekabine befreien konnte.

„Sie sind ein Genie", lobte die Dame, mich von oben bis unten leicht stirnrunzelnd betrachtend. Ich spürte eine bisher nicht gekannte Verklemmung durch meinen Körper eilen.

„Mein Mann hat immer zu mir gsagt, du bist technisch eine Null, aber als Isarnixe eine Eins."

„Wissens, ich war amal bei den Isarnixen. Und das sag ich Ihnen, die Figur bleibt selbst mit 77. Da schauns her!"

Und sie öffnete ihren Bademantel und ich durfte eine 77jährige tadellose Figur mit 77jährigem tadellosen Busen betrachten und ich hoffte in dem Moment, dass vielleicht kein Bademeister kommt, der die Situation missverstehen könnte.

Exhibitionistin vor bereits nacktem Mann.

„Gell, da schauns", hats gsagt, und ich hab gschaut.

„Man muss für seinen Körper schon was tun", hats gsagt. „Merkas eahna dees. Von nix kommt nix." Und sie ist mit ihrem drahtigen Körper um mich rumtanzt, dass meinem Radlfahrkörper ganz damisch gworden ist.

Und dann hats noch ein paar Reck- und Streckübungen in der Umkleide hinglegt, wo ich mir beim Zuschaung schon fast das Kreuz abbrochn hab.

„Wissens, was noch machen müssen", hats mich noch gfragt, ohne von mir auf gar keinen Fall eine Antwort zu wollen:

„Ein heißes Bad mit drei Weißbier."

„Die Weißbier vorher oder nachher", hab ich scheinheilig gfragt.

„Ja, Sie san guad. Drin natürlich. Do hauts Eahna an Dreeg naus."

Ich wollte grad gehen, als sie mir noch anvertraute: „Früher bine ja immer am Damentag ind Sauna. Aber jetzt geh ich gmischt. Obwohl," und ich glaube, die Dame hat dabei gekichert, „die Männer heitzutag san ja völlig harmlos."

„Ja mei, in dera Hitz", hab ich gsagt.

„Des wirds sein", hats da glächelt und mich gfragt, wann ich wiederkommen tät, ich wär ja ein ganz ein Lustiger.

Nächsten Dienstag, hab ich glogn, wo ich doch erst am Mittwoch wieder kommen wollt.

„Super", hats gsagt, „da sengma uns wieder, i kumm nämlich jedn Dog."

Und beim Hinausgehen musste ich noch ihre französische Jogginghose, die sie mit gstreckten Armen am Hosenbund vor sich herhielt, anlangen.

„Gell, dees is a Stoff."

Gell, dees is a Gschicht, hab ich mir dacht und bin schweißgebadet zum Saunabereich gschlurft.

So nach und nach

Früher war Fußball mein Leben. Ich hab täglich gespielt. Stunden-lang. Immer rannte ich hinter diesem runden Lederball her und war todunglücklich, wenn meine Mannschaft verloren hatte. Und dann trainierte ich noch mehr und wollte nie mehr verlieren. Ich wollte mindestens Weltmeister werden oder vielleicht noch mehr.

Zuerst spielte ich in der Schülermannschaft. Ich bekam eine kurze weiße Hose und ein grünes Hemd und da stand TSV Waidhaus drauf und das war für mich das Höchste.

Und in neuen Adidas-Fußballschuhen rannte ich über holprige grüne Rasen und wenn ich ein Tor schoss, war ich der glücklichste Mensch auf der Welt. Ich war oft glücklich.

Und wenn wir gewonnen hatten, sangen wir:

> Ein weißes Höselein bis an die Knie,
> ein grünes Trikotlein, das macht Genie,
> das soll der Stolz der Mannschaft sein.

> Und haben wir gewonnen,
> dann ist der Jubel groß.
> Dann gehen wir ins Vereinslokal
> und der Remmi Demmi, der geht los.

> Und haben wir verloren,
> dann ist der Jubel groß.

Dann gehen wir ins Vereinslokal
und der Remmi Demmi, der geht los.

Ja, und zu dem Remmi Demmi bekamen wir einen Spezi spendiert und manchmal eine Stadtwurst mit Brot.

Mir war klar, dass das Leben nicht schöner sein konnte und so sollte es bleiben, immer.

Und dann spielte ich in der Jugend des ASV Neumarkt und wir wurden Kreis- und Bezirksmeister und mussten irgendwann gegen die Jugend vom Nürnberger Club antreten. Ich schoss das Eins-zu-Null und so blieb es bis zur Pause und ich war mir sicher, dass wir gewinnen würden. Wir verloren noch eins zu sieben und ich heulte wie ein Schlosshund.

Und wir sangen mit viel Trauer in den Kehlen:

Wer hod uns dees Spui heid verlorn, verlorn,
wer hod uns dees Spui heid verlorn, verlorn?

Ja unser Torwartl, der saudumme Lackl,
der hod uns dees Spui heid verlorn.
Ja unser Torwartl, der saudumme Lackl,
der hod uns dees Spui heid verlorn.

Wer hod uns dees Spui heid verlorn, verlorn,
wer hod uns dees Spui heid verlorn, verlorn?

Ja unsre zwoa Verteidiger,
dee saudumma Weiberer,
dee hom uns dees Spui heid verlorn.

Ja unsre zwoa Verteidiger,
dee saudumma Weiberer,
dee hom uns dees Spui heid verlorn.

Wer hod uns dees Spui heid verlorn, verlorn,
wer hod uns dees Spui heid verlorn, verlorn?
Ja unsre drei Läufer, dee saudumma Säufer,
dee hom uns dees Spui heid verlorn.
Ja unsre drei Läufer, dee saudumma Säufer,
dee hom uns dees Spui heid verlorn.

Wer hod uns dees Spui heid verlorn, verlorn,
wer hod uns dees Spui heid verlorn, verlorn?
Ja unsre fünf Stürmer, weils kriacha wiad dWürmer,
dee hom uns dees Spui heid verlorn.
Ja unsre fünf Stürmer, weils kriacha widad dWürmer,
dee hom uns dees Spui heid verlorn.

Fußball war mein Leben und ich liebte dieses Leben.

Mitten im Leben traf mich ein Fußballschuh. Sterne funkelten am helllichten Tag und ich lag bewusstlos an der Außenlinie.

Dann sprengte es irgendwann mein Knie und ich humpelte wochenlang auf Krücken. Schließlich kam nach einem Bänderriss mein linker Haxen in Gips.

Meine damalige Freundin hielt mich für verrückt und wollte mit einem Verrückten nichts mehr zu tun haben.

Dabei hatte ich als kleiner Bub immer schon davon geträumt, dass ich auch einmal im Himmel Fußball spielen würde. Ich würde so einen runden weißen Ball über einen saftig grünen Rasen treiben und dann vom Sechzehner aus schießen und das weiße Tornetz würde sich nach hinten wölben und tausende von Menschen Tor, Tor, Tor schreien.

Irgendwann gab ich dann doch das Fußballspielen auf, aber die Freundin kam nicht zurück und ich war kein so glücklicher Mensch mehr. Ich hatte meine große Liebe, den runden weißen Ball, verloren. Ich wusste damals noch nicht, dass das Leben kein Wunschkonzert ist und ich noch viele große Lieben würde aufgeben müssen.

Am Waterlooplatz in Solln fußballern Kinder.

Mit auf dem Rücken verschränkten Armen schau ich eine Zeit lang zu.

Der runde Ball trullert ins Aus.

Mit knirschenden Knien schieß ich ihn zurück.

Ein Bub sagt Danke.

Keine Ahnung hat der, dass ich beinahe einmal Weltmeister gworden wär oder gar noch mehr.

Menschen am Rande

An bestimmten Orten gibt es bestimmte Menschen.

Mir kommen diese bestimmten Orte immer wie Kultstätten vor, die es bei den alten Kelten auch gegeben haben soll.

Es sind Orte, mit einer bestimmten Magie, Orte, die man als Normalbürgerl umgeht, manchmal sogar ängstlich meidet.

Und an diesen Orten versammeln sich eben diese bestimmten Menschen.

In kleineren Städten, so meine Beobachtung, befinden sich diese Orte zumeist in der Nähe von zugigen Bahnhöfen mit unbesetzten Fahrkartenschaltern.

In den größeren Städten siedeln sich diese bestimmten Menschen zumeist in Parkanlagen an mit einem in der Nähe befindlichen Klohäuserl und einem Supermarkt.

Wer sind diese bestimmten Menschen an diesen bestimmten Orten?

Ich habe Scheu, diese Menschen anzusprechen. Ich habe den Eindruck, die wollen unter sich sein. Ich würde mit jedem an sie gerichteten Wort oder gar einem ganzen Satz wohl nur stören. Darum störe ich sie auch nicht. Ich sage nicht Grüß Gott. Ich gehe an diesen bestimmten Menschen nur vorbei und bin dann froh, wenn ich vorbei gekommen bin, ohne dass sie mich angesprochen haben.

Eigentlich bin ich ja nicht besonders ängstlich, aber Mut hatte ich früher, als ich noch locker 35 Liegestützen machen konnte oder mehr.

Ich bin mir nicht sicher, ob ich diese bestimmten Menschen an diesen bestimmten Orten bewundern soll.

Die Orte sind in den wenigsten Fällen Orte, an denen ich mich gerne aufhalten würde. Ich hasse zugige Bahnhöfe mit leeren Fahrkartenschaltern, Bahnhöfe, in denen alte Zeitungen an Drahtzäunen verwesen, weggeworfene Kaffeebecher im Wind hin und her rollen und der Dreck auch nicht sehnsüchtig darauf wartet, einmal abgeholt zu werden.

Es sind auch diese Orte in Parkanlagen, wo Abfallkörbe unter den Abfällen von Jahren ächzen und auf den Sinn ihres Daseins keine Gedanken mehr verschwenden, Orte, die kein von türkischer Hand geführter Besen mehr kehrt und die Mütter sogar mit Kinderwagen weiträumig umkurven.

An diesen Orten sehe ich diese bestimmten Menschen, schau ihnen nicht in die Augen, beobachte sie nur aus den Augenwinkeln, wenn sie Bier trinken, den ganzen langen sinnlosen Tag.

Ich befürchte, diese Menschen werden keine epochalen Erfindungen mehr für die Menschheit machen, sie werden wohl auch keine Sixtinische Kapelle mehr ausmalen, dem Picasso nicht nacheifern, den Goethe nicht erreichen wollen und sich auch nicht nach einem Acht-Stunden-Tag und einer Lebensversicherung sehnen.

Sie trinken Bier, sitzen wortlos stundenlang, diskutieren plötzlich in eifernden Heftigkeit und telefonieren zu meiner eigenen Fassungslosigkeit mit ihrem Handy in die Welt hinaus.

Mit wem telefonieren die, wem schicken sie eine SMS? Ich weiß es nicht.

Ich verstehe diese bestimmten Menschen ja gerade noch im Sommer, wenn die Sonne ihre bierschwangeren Bäuche wärmt, wenn der besinnungslose Rausch auf einer Parkbank weggeschnarcht werden kann, aber im Winter, da bewundere ich sie.

Im Winter, wenn die Schneeflocken um den zugigen Bahnhof tanzen und die torkelnden Kaffeebecher unter einem weißen Tuch verstecken, im Winter, wenn sich die blätterlosen Parkbäume im bitterkalten Wind eisig verneigen, ja, da bewundere ich sie.

Da wiegen sich diese bestimmten Menschen in den zugigen Bahnhöfen schwerfällig von einem Fuß auf den andern, halten sich an ihren Bierflaschen fest und weichen nicht; da sitzen sie auf hart gefrorenen Parkbänken, schlagen ihre Mantelkrägen nach oben, halten sich ebenso an ihren Bierflaschen fest und weichen keinesfalls.

Im Winter diskutieren sie nicht, im Winter telefonieren sie nicht, im Winter schreiben sei keine SMS. Im Winter halten sie durch mit ihren Bierflaschen, den geröteten Gesichtern, den klammen Fingern, den kalten Bäuchen und den Gedanken, die ich nicht kenne.

Sie halten durch, bis der Schnee in der warmen Sonne wieder schmilzt und das Leben wieder Hoffnung heißt. Ich könnte wie diese bestimmten Menschen an diesen bestimmten Orten nicht leben. Außer, ich müsste.

Wirklich wahr

Sie ließ ihren alten Körper in den großen Ledersessel sinken, klatschte vergnügt in ihre gichtigen Hände und freute sich, wie sie sich schon lange nicht mehr gefreut hatte.

Ihre Cousine wollte mit ihrem Mann nach München ziehen. Sie würden sie in ihr großes Haus aufnehmen. Sie würde nicht mehr allein sein in diesem dunklen Appartement in diesem gangdüsteren Hochhaus in München-Solln. Wunderbar! Ihre Cousine. Wie hatte sie wieder geheißen? Angelika? Sie wusste es nicht mehr und es war ja auch egal, ob sie Angelika oder Erna geheißen hatte. Die Hauptsache war doch, dass sie mit ihrem Mann nach München kam und dass die beiden sie herausreißen würden aus ihrer dämmerdüstern Einsamkeit mit dem fürchterlichen Fernsehprogramm.

Ihre Wangen begannen in vorfreudiger Erregung zu glühen. Ihr schwaches Herz pumperte hoffnungsvoll mit der Kraft der übrig gebliebenen Jahre.

Natürlich kostete so ein Umzug von Hamburg nach München Geld, natürlich kostete es Geld, ein so großes Haus in einer so vornehmen Gegend wie Bogenhausen einzurichten, natürlich musste sie sich da beteiligen, keine Frage.

Hoffentlich hatte sie nicht zu viel versprochen! 10.000 € hatte sie am Telefon zu ihrer Cousine gesagt. Stimmte das auch?

Sie drückte ihren mageren Körper aus dem Ledersessel, ging tapsend mit vorsichtigen Schritten zu ihrem mit einer bunten Tagesdecke überzogenen Bett und fingerte einen grünen Umschlag unter dem Kopfkissen hervor. Ja, es stimmte. 10 druckfrische Tausender hielt sie in ihrer gichtigen Hand, zählte sie vorsichtshalber noch einmal und war zufrieden.

10.000 €, ihr Erspartes, ihr in ihrem 88-jährigen Leben Erspartes. Ihr Erspartes für alle Fälle, auch für den letzten Fall. Schließlich wollte sie einmal einen schönen Sarg haben und ein schönes Grab mit vielen Blumen und einem steinernen Grabstein.

Sie ließ ihren alten Körper wieder in den großen Ledersessel sinken, legte den grünen Briefumschlag in den Schoß, der keine Kinder geboren aber viele Männer beglückt hatte. Keiner der Männer war geblieben bei dieser gutgläubigen Frau, die immer nur gab, was sie selbst dringend gebraucht hätte: Liebe. Und so wurden die Männer neben ihr immer größer und stärker und sie verdurstete neben ihnen.

Ach was, vorbei. Jeden Augenblick musste das letzte große Glück ihres Lebens an der Türe läuten. 10 Uhr hatte ihre Cousine am Telefon gesagt. Es war 10 Uhr und es läutete und sie hatte den Namen ihrer Cousine nicht mehr im Kopf. Schrecklich, diese Vergesslichkeit.

Ihre Wangen glühten und ihr Herz pumperte wild, als sie die Wohnungstüre öffnete.

Der vorher nie gesehene Mann ihrer Cousine verbeugte sich, drängte an ihr vorbei in die Wohnung, schloss die Türe und bedauerte, dass er anstelle seiner Frau habe kommen müssen, die hätte sich nämlich das Bein gebrochen, läge jetzt auch noch im Krankenhaus Dritter Orden und sie seien doch fremd in München und sie müssten morgen den Spediteur bezahlen und die erste

Miete für das Haus und alles tue ihm furchtbar leid und der fremde Mann umarmte die knochige Alte schluchzend. Die Cousine würde übrigens auf Station F, Zimmer 23, liegen und sich furchtbar über einen Besuch freuen, morgen.

Wortlos drückte die von so viel unglücklichem Schicksal überwältigte Alte dem fremden Mann den grünen Briefumschlag in die Hand. Der küsste einzeln ihre gichtigen Finger, umarmte sie nochmals schluchzend und ging mit gesenktem Kopf rückwärts aus der Tür, ein ständiges Vergelts Gott aus seinem schmallippigen Mund stoßend.

Die Alte ließ ihren alten Körper wieder in den großen Ledersessel sinken, freute sich rotwangig und herzpumpernd über ihre gute Tat. Dass sie vergessen hatte, nach dem Namen ihrer Cousine zu fragen, ärgerte sie aber schon. Schrecklich diese Vergesslichkeit.

Dass sie in ihrer Vergesslichkeit sogar vergessen hatte, dass es niemals eine Cousine gegeben hatte, ärgerte sie in ihrer schrecklichen Vergesslichkeit nicht.

Zwei Tage Hamburg

Als ich endlich im Zug nach Hamburg saß, schaute ich gegen die Fahrtrichtung. Klar, dass mir schlecht werden würde! Ich hatte wie immer erfolgreich vergessen, dass München einen Sackbahnhof hat. Ich hasse es, im Zug entgegen der Fahrtrichtung irgendwohin zu verreisen. Weshalb man entgegen der Fahrtrichtung sitzend irgendwo ankommen kann, ist mir rätselhaft.

Im Speisewagen kaufte ich mir vorsichtshalber ein Bier. Ich bekam aber kein Bier, sondern nur so ein 0,3 Liter-Glasl. Was für den hohlen Zahn halt. Ich bestellte hastig ein richtiges, ein 0,5 Liter Bier, was den Ober verwirrte. Der Ober stammte aus Thüringen.

Lobend gegenüber der Deutschen Bahn ist anzumerken, dass das Zug-WC zu meiner Überraschung nicht verstopft war. Auch die Verspätung hielt sich mit fünfzehn Minuten in akzeptablen Grenzen. Die Zugschaffnerin konnte wegen ihrer leiblichen Fülle nicht meine Aufmerksamkeit erwecken. Rotkopfig und achselschweißig quälte sie sich freundlich durch das Abteil.

Ich fuhr mit meiner Frau nach Hamburg, weil unsere Tochter vor einigen Monaten nach Hamburg gezogen ist. Eines der ungelösten Rätsel unserer Zeit bleibt, weshalb eine intelligente Frau von München nach Hamburg umzieht. Mir wurde dann erklärt, dass meine Tochter der Liebe wegen umgezogen sei. Das konnte ich dann doch irgendwie verstehen, da die Sache mit der Liebe auch so ein ungelöstes Rätsel der Menschheit ist. Die Liebe! Irgendwann muss ich wohl auch verliebt gewesen sein. Nach Hamburg wäre ich deswegen aber nicht gezogen. Es muss eine große Liebe sein. Ich wäre höchstens von München-Solln nach Schwabing umgezogen. Aber immerhin!

An diesem Abend der Ankunft konnte ich von Hamburg außer vielen Lichtern wenig erblicken. Hochhauslichter, Hafenlichter, Straßenlichter, Schiffslichter, Kranlichter. Außerdem grinste der Vollmond rundbackig.

Meine Tochter und die meiner Frau erwartete uns am Bahnhof Altona. Sie freute sich sehr über unser Kommen, obwohl wir ihr weder eine Brezn noch eine Leberkässemmel mitgebracht hatten. Eine Fischsemmel gab es am Altonaer Bahnhof gegen Mitternacht nicht.

Mit einem Englischen Taxi fuhren wir nach St. Pauli, Hans-Albers-Platz. Ich sah sofort, dass in Hamburg die Nächte lang sind. Nur auf dem Münchner Oktoberfest wird wahrscheinlich mehr gekotzt als auf St. Pauli. Jungs, werdet wieder nüchtern, der morgige Tag wird grausam.

Meine Tochter servierte mir ein kühles Alster-Bier. Auf dem Fensterbankl qualmte ich eine Selbstgedrehte ins Freie. Unter mir stürzte ein Krawattenträger auf das von Glasscherben übersäte Pflaster. Als ein Freund ihm auf die Beine helfen wollte, purzelte diesem eine halbvolle Whiskyflasche aus der Jackentasche und der Freund purzelte auf den Freund und der Whisky bahnte sich zwischen Pflastersteinen seinen Weg.

Als ich am nächsten Morgen aus dem Fenster spähte, fuhr gerade die Müllabfuhr durch die menschenleere Straße. Irgendjemand hatte die beiden Freunde schon entsorgt.

Ich ging zum Bäcker, Semmeln holen. Eine Hamburger Morgenpost nahm ich auch mit. Und die Hamburger sagten „moin, moin" zu mir, obwohl heute war. Dass die nicht gemerkt haben, dass ich aus München bin, hat mich schon gewundert, irgendwie.

1. Tag

Nach einem opulenten Frühstück mit Latte Macchiato und Heringen in Dill und anderen völlig unbekannten Soßen spazierten wir über den Hans-Albers-Platz, das heißt, ich tänzelte zwischen Kotze, Hundescheiße und zerbrochenen Bierflaschen mit meinem arthritischen linken Knie schwerfällig der Schanzerstraße entgegen. An jeder Ecke grüßten Kebab-, Bratwurst- und Schaschlikgerüche; Currywurstdüfte umwehten mich. Und die Hamburger standen in aller Frühe schmatzend und schwatzend an kleinen Bistrotischen und lächelten glücklich diese unsäglich kleinen Biere an.

Meine Tochter arbeitet als Storemanager in einem Bekleidungshaus. Eigentlich hat sie Kunstpädagogik, Interkulturelle Kommunikation und Ethnologie studiert, meine ich mich jedenfalls zu erinnern. Aber solche Fächer sind in Hamburg nicht gefragt und in München auch nicht. Kommt das Wort Pfeffersäcke aus Hamburg?

Um meiner Tochter als Storemanager und dem Kapitalismus in der Krise an sich eine Chance zu geben, erwarb ich eine flanellene Hose und ein Paar braune Sommerschuhe, die ich wagemutig sofort überstreifte. Meine Frau bezahlte im Laden unserer Tochter noch zwei Jacken. Doch, doch, sie schaut gut darin aus. Und so leichte Herbstjacken hat sie eh gebraucht, wo doch in ein paar Monaten der Winter vor der Tür steht.

Wir wohnen in München ja direkt am Botanischen Garten. Im dahinter liegenden Nymphenburger Schlosspark ist schon der Hermann Hesse spazieren gegangen. In Hamburg marschierte ich mit meiner Frau und den neuen braunen Sommerschuhen durch den Stadtpark „Planten und Blomen". Ich denke, „Planten und Blomen" hat mich nicht bemerkt.

Der Botanische Garten zu München ist übrigens nicht in dem Infohefterl „Die schönsten Gärten Deutschlands" aufgeführt, „Planten und Blomen" aber schon. Natürlich ist „Planten und Blomen" super, aber unser Botanischer Garten ist superer.

Die neuen Schuhe waren auch super. Nach dem stundenlangen Gang mit Stehen und Weitergehen durch „Planten und Blomen" musste ich lediglich ein kleine Blase an der linken Ferse verpflastern. Harmlos! Da kannst nicht meckern.

Auf dem Rückweg zum Hans-Albers-Platz benötigte meine Frau dringend einen Liter fettarme Milch. Selten stand ich an der Kasse eines Supermarktes in einer derart alkoholgeschwängerten Umgebung. Aber die Umgebung war sehr nett, sehr gesprächig und empfahl mir dringend, dem Bürogebäude Dockland aufs Dach zu steigen. Die freundlichen Hamburger wussten nicht, dass ich mit meinem Schmerzknie Dockland in diesen Tagen nicht würde ersteigen können.

Ich saß vor einem kleinen türkischen Fischrestaurant. Der frühe Abend dämmerte halbnebelig durch die Straße, Einkaufstüten hetzten vorbei, Autos hupten sinnlos, Radlfahrer schlängelten sich artistisch zwischen den hupenden Autos übers Kopfsteinpflaster. Menschengewurle eben!

Inmitten des Menschengewurls hinkte ein alte Frau über das Trottoir. Ein hellgrauer Trainingsanzug schlotterte an ihrem zerbrechlichen Körper. Ihr drittes Gebiss hatte sie wohl schon vor vielen Jahren in einem Papierkorb entsorgt. Ihr rechter Arm stützte sich mit der letzten Kraft des Alters auf einen Spazierstock. Vor einem feinen Lokal mit Türsteher drückte sie ihr Hohlkreuz durch. „Darf ich eure Toilette benutzen, ich scheiße sonst in die Hosen." Der Türsteher lächelte freundlich: „Du hast schon in die Hosen geschissen." Die alte Frau lächelte nicht, hinkte weiter in ihrem hellgrauen Trainingsanzug. Als sie an mir vorbei hinkte, sah ich, dass der Türsteher nicht gelogen hatte.

Ich nahm einen tiefen Lungenzug, drückte das selbstgedrehte Zigaretterl in einem blechernen Aschenbecher aus und ging beim Türken zuerst amal zum Pinkeln. Niemand hatte etwas dagegen.

Ein grüner Hering verlor beim Türken seine grüne Unschuld auf dem Grill. Wir erzählten unserer Tochter, dass wir vom protestantischen Barock-Michl aus schwer beeindruckt auf den dunstigen Hafen ein Fernrohrauge geworfen hatten. „Lift oder zu Fuß", fragte meine Tochter ohne Rücksicht auf mein lädiertes Knie. „Geh doch mit meinem Knie keine 453 Stufen zu Fuß", knurrte ich. Meine Tochter lächelte trotzdem. Der grüne Hering war ein grätenloser Traum. Ich hätte sie geküsst, die türkische Köchin, wenn ich mich getraut hätte.

2. Tag

Meine Tochter starrte fassungslos in den stahlblauen Himmel über dieser Hamburger Hafenstadt. In München regnete es an diesem Tag. „Mei", sagte ich, „in München muss es auch amal regnen, oder?" „Bei euch is öfter schöner als bei uns", antwortete meine Tochter. Traurig hat das jetzt nicht geklungen, dachte ich mir, aber neidisch.

Also, wir haben ja die Isar und darauf fahren Paddelboote und sogar Flöße. Und wenn der Mond scheint, ist es in den Isarauen recht romantisch und ich möchte gar nicht wissen, wie viele Frauen als Geburtsort ihrer Kinder eigentlich den Flaucher und nicht die Frauenklinik in der Maistraße angeben müssten. Aber, was wir nicht haben, ist eine Elbe. Auf der fahren Schiffe herum, richtige Schiffe. Schiffe, die nächtens ausschauen wie die Wohnblöcke in Neuperlach, und tagsüber gleiten Containerschiffe in Richtung Meer, auf denen ein paar tausend Autos Platz haben. Unglaublich!

Und weil ein Liegeplatz für so ein Schiff am Tag 60.000 € kostet, sind die Matrosen ständig im Stress beim Be- und Entladen und es ist ihnen aus zeitlichen Gründen deshalb völlig unmöglich, ein nettes Bordell mit wunderbaren Frauen aufzusuchen. Die Frauen kommen deshalb auf die Schnelle an Bord und das ist doch der endgültige Zerfall aller Sitten und Gebräuche.

Am Kiez baggert deshalb kein einziger Matrose mit blauem Anzügerl und weißem Hemdkragen ein Mäderl an. Die keuchen alle in riesigen Schiffsleibern auf käuflichen Leibern und sehen die Sonne am Tag nicht mehr und den Mond in der Nacht. Und ich mein, dass die am Kiez herumschlendernden Mädchen aus dem Osten Europas vom Hamburger Senat bezahlt werden, dass es wenigstens so ausschaut, als wäre noch was los, so wie früher.

Meine Frau hat sich übrigens auch geweigert, mir so ein Mäderl auszugeben. Wäre eine nette Erinnerung gewesen, an Hamburg. Eine Erinnerung an Hamburg, ganz ohne Liebe.

Auf der Elbe fahren auch Fährschiffe. Die sind knallgelb, rot und blau angemalt, schäumen das Hafenwasser beim Einparken an den Landungsbrücken auf, schlucken minutenschnell hunderte von Touristen in ihre Schiffsbäuche und düsen zwischen Teufelsbrück, Finkenwerder und den Landungsbrücken hin und her. Ich liebe es, wenn ihre Schiffssirenen unaufmerksame Motorbootfahrer beschimpfen.

Wir saßen eng, aber noch gemütlich auf dem vorderen Schiffsdeck der Fähre, blinzelten in die Sonne, tuckerten an in den Himmel ragenden Schiffskränen vorbei und tauchten ein in die Schatten der riesigen Containerschiffe. Unser Ziel hieß Finkenwerder. Mit Finkenwerder verbinde ich immer „Scholle Finkenwerder Art". Leider ist mir der Geschmack einer Scholle Finkenwerder Art nicht mehr gegenwärtig. Muss aber schmecken, weil es sich schon so gut anhört: „Scholle Finkenwerder Art". Hört sich doch an wie ein Lotto-Hauptgewinn.

Auf der Fähre nach Finkenwerder haben die Norddeutschen mehr geredet als ich verstehen konnte und die Japaner haben mehr Fotos geschossen als sie in einem Tokioer Hochhaus bei einem Sushi-Abend werden ausgiebig betrachten können.

Eine beleibte Dame aus Celle wollte wissen, woher ich komme. Ich habe München gesagt und war mir sicher, dass sie weiß, wo das liegt.

Wieso wollen Menschen eigentlich immer wissen, woher man ist. Ich glaube, die wollen das nur wissen, damit sie dann auftrumpfend sagen können: New York. Wenn ich dann Moosach sag, schauns dumm.

Übrigens, die beleibte Dame aus Celle wollte nicht im noblen Hamburg Blankenese wohnen; da wäre ihr der Weg zum Aldi zu weit, grinste sie. Über den Spruch haben die umsitzenden Hamburger herzhaft gelacht, und ich auch.

An den Landungsbrücken löffelte ich eine köstliche Fischsuppe. Ein vielleicht echter Hamburger Jung mit blauem Hemd, rotem Halstuch und Fischermütze kurbelte die Drehorgel: „Junge, komm bald wieder, komm bald wieder nach Haus." Am Nebentisch wurde mitgesungen. Ein Frauenchor aus Stuttgart hatte endlich den seit Jahren nach Hamburg geplanten Betriebsausflug gegen den Willen ihrer Ehemänner durchgesetzt. Respekt! Die Damen trällerten aus beeindruckenden Spätzlebrüsten.

Feuchter Nebel kam auf, als wir frühabends mit dem Fährschiff zu einem portugiesischen Fischrestaurant tuckerten. Am Elbstrand angelte ein Einsamer. Einen Zander würde er wohl gern fangen. Wenn er es auf eine Plastiktüte abgesehen hätte, könnte man ihm ohne Gehässigkeit „Petri Heil" wünschen.

Beim Portugiesen schlemmerte ich in unglaublicher Glückseligkeit Stockfisch. Sollte meine Tochter Hamburg wieder in Richtung München verlassen, hätte ich mindestens einen Grund, wieder mit dem Intercity entgegen der Fahrtrichtung nach Hamburg zu rollen: den Stockfisch beim Portugiesen, gleich neben den Fischhallen. Ein Traum!

Das Fährschiff fand trotz dichtem Nebel zurück zu den Landungsbrücken. Die Hafenlichter versteckten sich zusammen mit dem rundgesichtigen Mond hinter Milchglasscheiben.

Auf einer harten Holzbank am Hans-Albers-Platz genehmigten wir uns einen Nachttrunk. Gar nicht so schlecht so ein Alster-

Bier. Eigentlich auch ganz nett diese Hamburger, irgendwie. Am Münchner Hauptbahnhof konnte ich das noch nicht ahnen. Ist ja schließlich auch völlig unvorstellbar, dass dir am Kiez ein Unbekannter freiwillig ein Bier zahlt. „Bin a oida Schwabinger", lächelte der Unbekannte, als wir uns zuprosteten.

Die Nacht ist bis gegen vier Uhr morgens ganz wunderbar gewesen. Ich träumte keinen furchtbaren Traum und meine Blase drangsalierte mich nicht. Aber so gegen vier Uhr morgens muss es wohl gewesen sein, als schwerer Bass aus der erdgeschossigen Disco durch die Wohnung wummerte. Ich vernahm nur noch dieses dumpfe Wum Wum Wum, welches sich in meinen Ohren festsetzte, nicht mehr wich und mich mit unglaublicher Zielstrebigkeit in die Nähe des Wahnsinns trieb. Wum, Wum, Wum. Meine Frau vernahm kein Wum, Wum, Wum, da sie sich lebenserfahren wegen der von mir zu befürchtenden Schnarcherei die Ohren zugestöpselt hatte. Meine Tochter im Nebenzimmer muckte sich nicht, ihr Freund muckte sich auch nicht und ich hatte keinen, dem ich morgens um vier mit einer linken Geraden sein Gesicht hätte verschönern können. Ich bebte vor ohnmächtiger Wut und die Wohnung bebte unter dumpfen Bässen. Schrecklich!

Ich saß bereits in der neuen Hose und den neuen Schuhen frisch rasiert und schlecht gelaunt am Küchentisch, als sich der Rest dieser sogenannten Familie endlich schlaftrunken um die Erdbeermarmelade und den Latte Macchiato kümmerte. Schließlich wollten wir ja zum Hamburger Fischmarkt!

Fische gibt es übrigens am Hamburger Fischmarkt auch. Da glotzen dich Makrelen, Heringe, Schollen und Kabeljau mit ihren glasigen Augen an, in riesigen Bottichen schwimmen Forellen und Karpfen ahnungslos ihre letzten Runden und lebende Hummer recken ihre Scheren angriffslustig in die Welt, als gäbe es ein Leben nach dem Kochtopf.

„Aale-Dieter" schrie so lange, bis ich drei so fette Typen mit mir über den Fischmarkt schleppte. Eigentlich völlig unmöglich, diesen Fischduft im Intercity mit nach München zu nehmen. Aber, so billig gibts Aale in München halt nicht! Und Bananen gibts auch nicht so billig wie beim „Bananen-Harry". Eigentlich umsonst. Meine Frau verdrehte die Augen.

Hemden und Hosen hätte es auch noch ganz günstig gegeben. Und einen blauen Seemannsanzug. Meine Tochter spendierte mir eine Fischsemmel mit viel Zwiebeln.

Und dann vernahmen meine vom Wum Wum Wum der Nacht noch nicht bis zur endgültigen Taubheit geschädigten Ohren diesen Sound, diesen Sound, der mich beglückt hatte ein halbes Leben lang. Ein Sound, der einherging mit duftfrischen Achselhöhlen, turmhoch toupierten Mädchenhaaren und knisternden Petticoats. Wie an einem Nasenring gezogen folgte ich musikbesoffen den fetzigen Tönen aus Gitarrenklang und Schlagzeugsolo, schlängelte mich mit meinen Aal- und Bananentüten an Bistrotischen und wippenden Menschen vorbei und stand endlich vor einer Bühne, auf der vier steinalte Säcke in meinem Alter gerade die Stones und die Beatles in Grund und Boden spielten.

Ich stellte meine Plastiktüten ab, wippte auf den Zehenspitzen, ertappte meinen Körper dabei, wie der ohne Vorankündigung mit dem Becken zu kreisen begann, mit den Schultern zuckte und an herumtollenden Armen mit Daumen und Zeigefinger schnalzte. Das letzte Mal hatte ich vor fünfzehn Jahren bei der Beerdigung meines Vaters geweint. Allerdings nicht vor abgrundtiefer Freude.

Wir blieben bei den alten Säcken, bis die mit Krücken tanzende feine ältere Dame mit dem dünnen schlohweißen Haar ermattet in die Arme ihrer Zimmernachbarin aus dem Altenheim sank.

Wenn die Containerschiffe die Wellen an den Strand drücken, spielt die Elbe Meer. Wenn die Marktschreier ihre letzten Aale verkauft haben und die abgeräumten Marktstände als traurige Gerippe auf ihren Abtransport warten, dann schlendern die Hamburger nach Hause, mit einer Palme unter dem Arm; heim nach Altona, ins Portugiesen-Viertel, nach Finkenwerder oder Blankenese, vielleicht auch nur in die Haifischbar oder wie wir in Richtung Kiez.

Die Hamburger haben ja noch viel vor mit ihrer Elbphilharmonie und der Hafencity. Mir hat dieses Hamburg meiner Tochter auch so gut gefallen. Könnt ja sein, dass die Liebe eine gute Wahl getroffen hat.

Alles Wolfsburg oder was

Ich habe mir ein Auto gekauft. Ich habe mir dieses Auto mit Hilfe der Abwrackprämie und meiner Lebensversicherung gekauft. Knallhart zu mir selbst und kurz entschlossen.

Ich weiß, sie vermuten ein Auto mit vier Radeln, Motor und Scheibenwischer. Sie irren. Ich habe mir ein deutsches, ein deutsches Auto, ein d e u t s c h e s Auto gekauft. Kein Auto, das wegen eines defekten Gaspedals in die Werkstatt zurückgerufen werden muss. Ein deutsches Auto. Ein Auto von einer deutschen Weltmarke: VW. Vau weh!

Ein Auto mit Tempomat. Ein Auto mit Siebengang-Automatikgetriebe. Ein Auto mit Abstandsassistent. Ein Auto, das mit Diesel fährt, 5,4 Liter im Durchschnitt. Ein Auto mit Winterfahrhilfe. Ein Auto, das selbständig einparkt, wie von Geisterhand. Natürlich mit Navi, natürlich mit CD-Player. Hightec-Radio und Glasdach. Ein Auto mit Anhängerkupplung und Radlständer, Scheiben hinten verdunkelt. Perfekt!

Ein Jahr lang perfekt. Ein Jahr lang ein perfektes deutsches Auto. Kein Auto, das wegen einem Defekt am Gaspedal in die Werkstatt zurückgerufen werden muss.

Deutsch halt!

Es begann aber dann in Deutschland. Das Unfassbare. Das Unglaubliche. Das Unerklärliche. Es begann in München-Solln. An der Abzweigung Gulbranssonstraße / Drygalski-Allee verweigerte dieses deutsche Auto von VW die Annahme des Gaspedals. Die städtische Höchstgeschwindigkeit sank von 50 auf 0 Stundenkilometer, auf 0. Unerklärlich! Unfassbar! Unglaublich!

In der Werkstatt erklärte man mir: Der Rußpartikelfilter sei daran schuld gewesen. Das glaubte ich.

Auf der Autobahn nach Lindau glaubte ich dann beinahe daran: Linke Spur, satte 150 am Tacho, lässig, locker und dann:

Das deutsche Auto von VW verweigerte wieder die Annahme des Gases. Auf der linken Spur, der Überholspur, bei 150. Die Geschwindigkeit sank von 150 auf 0, in Sekunden.

Die Fahrer hinter mir sahen kein Bremslicht. Sie sahen einen VW-Touran, der zwar nicht bremst, aber abbremste von 150 auf 0. Die bremsenden Reifen meiner Hintermänner qualmten über den Asphalt, die Hintermänner fluchten, wünschten mich zur Hölle und ich sah mich schon aufsteigen in den Himmel.

Wie ich auf der Standspur zum Stehen kam? Fragen Sie mich nicht, ich weiß es nicht. Meine Knie schlotterten ohne Gegenwehr, meine Hände umklammerten schweißgebadet und kraftlos das Lenkrad, meine Frau entstieg wortlos einem deutschen Auto.

In der Werkstatt bauten sie den Turbolader aus. Der Touran verweigerte weiterhin die Annahme des Gaspedals wie ein Antialkoholiker die Aufnahme von Schnaps.

In der Werkstatt bauten sie das alte Getriebe aus und ein neues ein. Das juckte dieses deutsche Auto aber nicht. Ich fragte nach, ob in der Werkstatt anstatt Automechanikern Philosophen arbeiten würden. Automechaniker und Philosophen waren beleidigt.

Jetzt soll nur noch die Motorsteuerung defekt sein. Eine Ersatzteil-lieferung sei zeitlich nicht absehbar, meinte der Servicemanager der Werkstätte. Da war ich aber froh.

Denn jetzt kann ich Sie die nächsten Wochen über dieses deutsche Auto auf dem Laufenden halten: Fahrts, fahrts nicht, täts gern fahrn oder doch lieber stehn bleiben.

Von mir aus muss es nicht mehr fahrn. Wenns sein muss, nehm ich auch ein neues japanisches Ersatzauto und fahrs wegen dem defekten Gaspedal bei der ersten Spritztour gleich in die nächste Werkstatt.

(Dieser Text wurde am 28.02.2010 um 22 Uhr geschrieben im ICE von Hamburg nach München; derzeitige Verspätung kurz vor Nürnberg: eineinhalb Stunden).

Tierliebe

Ich radl jeden Tag so eine kleine Abkürzung durch einen kleinen Park in Schwabing. 200 Meter lang ist die Abkürzung. Ich hab das tachomäßig nachgeprüft.

Und da treff ich dann in aller Früh immer so zierlich kleine Frauen, die große bullige Hunde Gassi führen wollen.

Wenn man genau hinschaut, sieht man dann schon, dass die zierlichen kleinen Frauen tatsächlich die großen bulligen Hunde nur Gassi führen wollen.

Die zierlich kleinen Frauen werden nämlich mehr von den großen bulligen Hunden da hingeführt, wo sie eigentlich gar nicht hin wollen – also zu so Kinderspielplätzen zum Beispiel. Und da heben die großen bulligen Hunde dann entweder den linken oder den rechten Haxen oder senken das Hinterteil, fangen zum Drucken an und verdrehn die Augen und die zierlichen kleinen Frauen ziehen an den Hundeleinen und sagen: Da nicht, Pluto.

Und der Pluto schaut dumm mit seinen blutunterlaufenen Augen und macht da doch und schaut mit blutunterlaufenen Augen auf einen großen Haufen und freut sich und sein zierlich kleines Frauchen freut sich auch über diesen tadellosen Stuhlgang von ihrem kleinen Liebling, der locker das Einzimmer-Appartement belegen tät, wenn er sich ausstrecken könnt, aber das Frauchen mag halt auch auf einem Stühlchen vor dem Fernseher sitzen.

Neulich hab ich auf meiner 200 Meter Abkürzung 15 Hunde gezählt. Das entspricht einem Hund auf 13,33 Meter. Da muss ich also nur zwei- bis dreimal in die Pedalen treten und schon treff ich wieder einen Hund und muss bremsen und um den Hund herumfahren, weil der große bullige Hund von der kleinen zierlichen Hundebesitzerin nicht weiß, dass er ausweichen soll, wenn ich klingel.

Und weil ich klingel, plärrt mich eine kleine zierliche Frau mit einer großen bulligen Hundestimme an, ob ich vielleicht nicht absteigen mag, wenn sie da mit ihrem Hunderl spazieren geht.

Da sag ich, dass ich vor Frauen, die auf den Hund gekommen sind, nicht absteige. Und da nennt die mich einen Hundehasser und weiß nicht, dass ich kleine zierliche Frauen eigentlich schon mag, wenns keinen großen bulligen Hund dabei ham.

Und der Pluto mit den blutunterlaufenen Augen hätt mich bestimmt gern als Herrchen.

Der erlebte Wahnsinn

Da ruft mich vom Bayerischen Rundfunk eine Dame mit Doppelnamen an und das hätte mich stutzig machen sollen. Irgendwie hat mich das aber nicht stutzig werden lassen, sondern irgendwie sogar erfreut. Es kommt nämlich nicht mehr wie früher jeden Tag vor, dass sich eine Dame für mich interessiert.

Die doppelnamige Dame war dann aber weniger an mir als einem Text von mir interessiert, den ich vor ungefähr hundert Jahren, genauer gesagt am 2. September 1980 geschrieben hatte, und der im Rahmen eines Berichts über das Hörbacher Montagsbrettl im Bayerischen Fernsehen kommen sollte, mit mir als Vorleser.

Eigentlich mag ich ja nicht so gern im Fernsehen kommen, hab ich zu der Dame gsagt, mir wäre Radio lieber, weil ich amal mit dem Ottfried Fischer auf dem Bürgersteig beim Italiener in der Adalbertstraße gsessn bin und ständig hams den Ottfried auf den Buckl naufghaut und gsagt: „Ah, der Bulle von Tölz." Und der Ottfried hat sich das gfallen lassen müssen, weil er halt vom Fernsehen so bekannt ist und deswegen auch nicht zruck haun darf.

Aber ich hab dann mit der Dame doch ein Date am Chinesischen Turm ausgmacht. Da gehst hin, hab ich mir dacht, der Text dauert ja höchstens eine halbe Minute zum Vorlesen, und der ist bestimmt gleich im Kasten und dann trinkst mit der Dame noch gemütlich eine Maß oder zwei und so.

Und es war so ein wunderbarer Tag, so ein Tag zum Helden zeugen, und die 46 Glöckerl am Chinesischen Turm haben prächtig in der Sonne geglitzert und tausende von Menschen sind glücklich vor ihren Bierkrügen gsessen, haben gebrotzeitelt oder gar miteinander gredet und grad schee wars.

Die doppelnamige Dame kam zu Dritt. Sie selber, ein Kameramann und ein Mann für den Ton. Der Tonmann hat mir so ein fast unsichtbares Knopflochmikro an mein Hemd hingebastelt, die Dame hat mir eine Halbe Weißbier gholt, welches ich hab selber zahlen müssen, weil sie ihren Geldbeutel angeblich im Auto vergessen hatte und der Kameramann ist auf den Chinesischen Turm gstiegen, weil er mich von oben anzoomen wollt. Und ich bin mit dem Toni Drexler seinem Buch „33 Jahre gelebter Wahnsinn – die Hörbacher Montagsbrettlstory" und mit einem älteren Herrn an einem Biertisch gsessn und hab das Buch auf Seite 135 aufgschlagen, weil da mein Text über Hörbach abdruckt ist.

Auf ein Zeichen vom Kameramann hab ich laut und deutlich meinen Text über Hörbach vorglesen und der ältere Herr hat mich ein bisserl komisch von der Seitn angschaut, weil er ja den Kameramann auf dem Chinesischen Turm nicht gsehn hat und das Mikro auch nicht.

Als ich mit dem Text endlich fertig war, hat die doppelnamige Dame gmeint, dass leider irgendwo zwei Bierkrüge zusammengscheppert wären und der Ton deshalb versaut sei. Ich möcht doch so freundlich sein, den Text noch amal laut und deutlich vorzulesn.

Ich hab kaum zum Lesen angfangn, wie eine Bierbank krachend umgfalln ist.

Dann war ich bei der Hälfte vom Text anglangt und irgendwelche Deppen ham Prost gschrian.

Beim dritten Anlauf war ich fast fertig, aber da ist dann ein Bierlaster durchs Bild gfahrn.

Beim vierten Mal hab ich mich selber verlesn, beim fünften Mal ist eine rabenschwarze Wolke vor die Sonne, beim sechsten Mal hat mein Tischnachbar, der ältere Herr, zu mir ungefragt gsagt: „Sie müassn fei nix vorlesn, eigentlich mächt i mei Ruah." Beim siebten Mal haben die umsitzenden Biertrinker auf mich gezeigt und sich an die Stirn hintippt. Beim achten Leseversuch sind zwei Hunde aufeinander losgangen.

Nach einer satten halben Stunde war dann der Film von nicht ganz einer halben Minute endlich im Kasten.

Die doppelnamige Dame von Fernsehen hat sich dann bei mir bedankt, noch freundlich gsagt, dass natürlich keine Gage geben tät und sich weiter nicht mehr für mich interessiert.

Wenn ich mit dem Ottfried Fischer as nächste Mal vor dem Italiener in der Adalbertstraße sitz, bin ich neugierig, ob die Leut dann sagen werden: „Ui, schau hi, do sitzt da Eckl." Schließlich bin ich a halbe Minutn im Fernseher gwen.

Der Hund und seine Frau

Ich radl heim, nach diesem Zehn-Stunden-Tag. Es ist Nacht. Das Fahrradllicht tastet sich vorsichtig durch die düstere Dunkelheit. Die Gedanken des Tages entwirren sich zähflüssig. Hängen noch fest an Zahlen, Daten und Fakten, für die ich angeblich verantwortlich bin. In zehn Minuten werd ich auf eine gut gelaunte Frau treffen, meine Frau. Sie wird gut gekocht haben, wie immer. Auf einen Kuss warten, ist ja in Ordnung. Da entdecke ich am Canaletto eine auf den Hund gekommene Frau. Und der Hund macht nicht sitz und der Hund macht nicht platz. Obwohl die auf den Hund gekommene Frau knattert, mit einer Stimme, die ich nicht neben mir im Bett haben möcht. Ich würde lieber sitz und platz machen, freiwillig, bei dieser Stimme. Und als ich an diesem weder sitz noch platz machenden Hund vorbei radln will, will der vor mir über die Fahrradstraße wetzen, schwanzwedelnd und glücklich. Ich mache diese verhasste Vollbremsung, die mich über dem Lenker absteigen lässt. Sage schmutzgeplagt zu der auf den Hund gekommenen Dame, die die Fältchen der Jugend schon längst mit den Falten des Alters getauscht hat: Entschuldigung. Und sie sagt: Ich hätte mich doch entschuldigen müssen. Und ich sag. Ja, das hätten sie. Und der Hund wedelt mit dem Schwanz und wird heute Nacht neben dem Bett dieser Frau liegen und froh sein, dass er nicht mit ihr ins Bett muss. Und er wird zeit seines Lebens weder sitz und platz machen für diese Frau, die ihr Leben versäumt hat aus vielen Gründen und am Ende auf den Hund gekommen ist, was der Hund nicht verdient hat. Scheiß Köter, höre ich mich sagen, als ich weiterradl, und die Frau befiehlt sitz und platz und der Hund gehorcht grad so wenig, wie der verstorbene Mann der Frau nicht gehorchen wollte ein ganzes Leben lang und vorsichtshalber gestorben ist, bevor er ein Leben lang sitz und platz hätte machen müssen.

Die Frisöse von Sesslach

Früher waren sie neun superschlanke Radler am Stammtisch gewesen und er erinnerte sich in stiller Sehnsucht daran, dass unförmige rotgesichtige Amerikanerinnen ihnen Beifall geklatscht hatten, als sie in brütender Hitze, atemlos und schweißnass, den Gipfel des Mont Ventoux erradelt hatten. Aber das war viele Jahre her.

Jetzt waren von den neun superschlanken Radlern nur noch fünf leichtwampige Radler übrig. Vier hatten sich mit ihren Krankheiten vom Radeln bereits abgemeldet: Herzinfarkt, Atemnot, Stoffwechselstörung, Fettleibigkeit.

Die übrigen radelten auch nicht mehr den Mont Ventoux hinauf, auf den Petrarca mit seinem Bruder hinaufgewandert war. Sie suchten sich zum Radeln flachere Berge aus, und blickten auf steile Serpentinen nur noch achselzuckend aus respektvoller Entfernung.

Der Stammtisch machte dieses Jahr deshalb einen Ausflug ins fränkische Sesslach. Sesslach muss man nicht kennen, aber man sollte dort hinfahren, um diesen Menschenschlag an Gutmütigkeit und Gastfreundschaft kennenzulernen.

Es ist sehr zu empfehlen, hungrig in Sesslach anzukommen und ein ausgesprochener Anhänger toten Fleisches von Sau und Rind zu sein. Seine Blutdrucktabletten sollte man nicht vergessen und vorsichtshalber Pillen gegen Gichtanfälle im Gepäck haben.

In Sesslach, links und rechts von Sesslach, sozusagen rund um ganz Sesslach, wird nämlich gigantisch gespeist, nein, eigentlich nicht gespeist, da wird geradezu infernalisch in sich hineingeschlungen: Schweinsbraten, Sauerbraten, Schäufele und Bratwürste: Coburger Bratwürste, Nürnberger Bratwürste, Bamberger Bratwürste in gigantischsten Portionen, mit Knödeln, so groß wie mittelalterliche Kanonenkugeln.

Und da sitzen dann diese Sesslacher und alle die, welche auf geheimnisvolle Weise dazugehören, und schaufeln diese unsäglichen Mengen Fleisch und Wurst in ihre voralpinen Blutdruckbirnen und ihre geschwollenen Bäuche schwellen an bis zur bedrohlichen Berstigkeit und dann bestellen sie doch noch einen Kniadl extra oder gar zwei.

Der Stammtisch erstarrte täglich in fassungsloser Bewunderung über diese hungrigen Mäuler und es überstieg seine Vorstellungskraft bei weitem, wie diese kugelrunden männlichen Körper mit diesen in zu enge Jeans gepressten überdimensionalen Wackelpopos und den furchterregenden Busen in einem warmen Bett ihr Glück finden konnten.

Sie konnten aber offensichtlich, da aus Kinderwägen runde Gesichter plärrten und auf Mountainbikes fleischvolle junge Körper radelten.

Der Stammtisch sehnte sich nach einigen Tagen nach einer kleinen Portion Pasta bei dem Italiener in der Münchner Adalbertstraße mit einem kleinen Salat oder einer kleinen gegrillten Meerbarbe.

Aber in Sesslach gab es keine kleine Pasta und erst recht keinen Fisch.

In Sesslach gab es Schweinsbraten, Rinderbraten, Schäufele und Bratwürste ohne Zahl. Und das einheimische Bier schmeckte zu gut und das war auch so ein Verderben, irgendwie.

Ich selbst flüchtete mich vor dem Stammtisch ganz allgemein und den vielen Braten und Würsten im besonderen in einen kleinen Frisörsalon, wo ich von der Chefin freundlich empfangen wurde und sofort einen Termin bekam, obwohl meine Haare schweißnass vom Radeln in alle Himmelrichtungen deuteten.

Die Frisöse hatte ein hübsches Gesicht, lachte kristallklar aus herrlichen Zähnen, flinke schlanke Hände und … und … versteckte unter ihrem weiten Kleid einen riesigen Bauch.

Ich wollte ihr gerade einen kleinen Vortrag über Sesslacher Essgewohnheiten halten, als ein hünenhafter kugelrunder Sesslacher den Frisörsalon betrat, ihr vor allen Leuten über ihren riesigen Bauch streichelte und lächelnd meinte, dass er sich sehr über das Kind freuen würde und er ihr das nur hatte sagen wollen, einfach so. Und schon war er wieder verschwunden, der kugelrunde Sesslacher, und meine Frisöse lächelte glücklich, als sie sich zu mir herunterbeugte und mir ins Ohr flüsterte: „Ist er nicht riesig, mein Dicker."

Der Stammtisch meinte, dass ich einen fürchterlichen Haarschnitt hätte, mein Kopf würde da ganz kugelrund aussehen mit dreihundert Blutdruck in der Birne und überhaupt käme meine rosige Kopfhaut zum Vorschein wie bei einem Spanferkel.

Ach ja, Spanferkel in Dunkelbiersoße mit Knödeln gibts in Sesslach natürlich auch. Sie können mir glauben, ich weiß, wovon ich rede.

Als wir von Sesslach aus im Flusstal der Roda in Richtung Bamberg radelten und ohrenbetäubende vogelzwitschrige Opern- und Operettenarien uns begleiteten, war mir ein bisserl weh um die freundlichen Sesslacher. Einem verzweifelt nach einem Weib rufenden Kuckuck ging es an diesem Tag auch nicht so besonders.

Der, der wo gerne eine Frau sein wollte

Er hatte es einfach endgültig satt, immer ein Mann sein zu müssen, zeitlebens. Immer gut drauf sein, immer stark sein, immer einen Witz auf den Lippen. Flennen war nur einsam unter der Bettdecke erlaubt; zweisam musste er unter der Bettdecke ständig beweisen, dass er der Beste war und dass nur er hatte, was andere Männer nicht hatten. Seine Einmaligkeit nervte ihn, dass er ständig Frauen ansprechen musste, nervte ihn, ihn nervte sogar, dass es beim Biseln als unmännlich galt, wenn man sich dazu hinhockte. Das Mannsein fiel ihm jeden Tag schwerer und er erschrak heftig bei dem Gedanken, in der S-Bahn einmal ein Held sein zu müssen.

Er wollte eine Frau sein: Er wollte sich endlich einmal von starken witzsprühenden Männern zum Italiener einladen lassen, diese einmaligen tränentrockenen Männer zappeln lassen wie aus Versehen auf dem Sandstrand gelandete grüne Heringe, wollte sich an überbreiten Schultern ausflennen bis zur Herzerweichung und wollte in ihren Händen spüren, was alle hatten, aber nur er in diesem Übermaß. Und dann wollte er ihn umschlingen, verschlingen und wollte sich nach einem anderen Mann umsehen, wenn er nicht nur seinen Körper, sondern auch seine Seele verdaut hatte mit Haut und Haar.

Warum konnte er kein „Crangon crangon" sein, dieser Zehnfußkrebs aus der Nordsee, gemeinhin als Nordseekrabbe bekannt. Die männliche Nordseekrabbe kann, wenn sie vom Mannsein die Schnauze voll hat, sich in Weibchen, einen „protandischen Folgezwitter" verwandeln. Erst jagt sie lustvoll Spermien in die Welt und dann öffnet sie den Spermien ihre Eizellen.

Eines Tages, die Natur muss sich seiner erbarmt haben, konnte er sich in einen „protandischen Folgezwitter", in ein Weibchen, verwandeln. Er genoss den Tag in den sonnenüberfluteten Schwabinger Straßencafes, gönnte sich keine Roth-Händle, sondern die leichteste aller leichten Zigaretterln, schlückelte mit abgespreizten rotlackierten Fingernägeln diesen köstlich süßen Latte Macchiato und hielt Ausschau nach einem Mann, der wie sie war, als sie noch ein Mann war.

Sie harrte mehrere Tage, sie harrte mehrere Wochen und sie hätte auch noch Monate auf einen Mann wie sie gewartet, als sie noch ein Mann war, als sich endlich ein breitschultriger nordischer Vollbart mit einer fragenden Verbeugung an ihr Cafetischchen wagte. Erwartungsvoll nickte sie dem nordischen Vollbart freundlich zu. Der nordische Vollbart war witzlos, einfallslos, gedankenleer und voller Sehnsucht nach einer Frau, an deren warmem Busen er sein ungerechtes Schicksal ohne Liebe beweinen könnte. Die Welt war ja so ungerecht und lastete zentner-, nein tonnenschwer auf seinen Schultern. Sie bezahlte für den Vollbart das kleine Mineralwasser.

Es herbstete bereits sehr, bunte Blätter wirbelten windgeschwind unter Tischen und Stühlen und in Kaffeetassen, als ein ranker schlanker braungebrannter südländischer Typ mit einem auf der haarlosen Brust baumelnden Goldkettchen sie mit siegesgewiss umflorten Blick fragte, ob er sie einladen dürfe, auf einen kleinen Prosecco oder zwei. Er durfte sie einladen und er durfte das Hotelzimmer an der Alten Feuerwache bezahlen und sie wartete auf sein Feuer und dass unter ihren Händen größer würde, was unter diesen besonderen Umständen nicht so klein bleiben durfte. Sie wartete wie alle Regierungen dieser Welt in dieser Nacht vergeblich auf ein Wachstum.

Sie kannte den Herrn mit der randlosen Brille vom Sehen. Sie waren sich schon öfter beim Italiener um die Ecke begegnet, mit kurzem lächelnden Blickkontakt, absichtslos, aber in freundlicher Zuneigung. Natürlich war dieser Herr in den einfallslosen Anzügen und den noch faderen Krawatten nicht ihr Typ. Aber, konnte es noch schlechter werden als es schon gewesen war? Wer keinen Berg besteigt, hat keine Aussicht. Und die Aussichten schienen nicht aussichtslos, als er sie abholte mit dem netten roten Kleinwagen und sie in den Münchner Osten chauffierte, zu dem Einfamilienhaus, in dem er wohnte, ohne Ehefrau und ohne Freundin, wie er eifrig versicherte, ohne Unterlass. Er wohnte tatsächlich ohne Ehefrau und ohne Freundin in dem kleinen Einfamilienhaus. Drei Kinder im Alter von fünf, sieben und zehn Jahren lärmten freudig erregt dem alleinerziehenden Vater in seinem einfallslosen Anzug und seiner faden Krawatte entgegen. Es wurde ein anstrengender Nachmittag für sie und sie sank nächtens erschöpft bis zur leichten Bewusstlosigkeit in ihr eigenes Bett.

Und dort träumte sie, ein „Crangon crangon" zu sein, das sich wieder zurückwandeln konnte von der Nordseekrabbe in einen Nordseekrabberich. Aber, dieser Rückweg ist nicht vorgesehen von der Natur. Die Garnele kann nicht gleichzeitig Männlein und Weiblein sein.

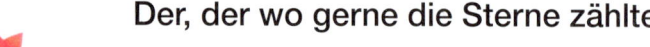

Der, der wo gerne die Sterne zählte

Er stand auf der Terrasse, die er liebte wie am ersten Tag. Der erste Tag war der Tag, als er auf die kräftigen Eichen schaute und sich doch in die biegsamen Birken verliebte. Und es war der Tag, als die wohl kehlkopfkranke Krähe sich auf den letzten Ast der Birke setzte und ihn ankrähte, als wollte sie ihm das Leben erklären. Es war der Tag, der vorsichtig zur Nacht wurde, und an dem Tag begann er, die Sterne zu zählen. Er wusste die Zahl der Sterne nicht und verzählte sich trotzdem. Und da zählte er wieder und er wusste, dass er sich schon wieder verzählt hatte. Er wusste aber auch, dass er weiter zählen musste, da er sonst nichts zu erzählen haben würde, am Stammtisch oder sonst auf der Welt. Und so zählte er weiter und die Nacht wurde zum Tag und er konnte nicht mehr weiter zählen, da die Sterne entschwunden waren, weil die Sonne sich einmischte in sein Leben. Und so wartete er auf die Nacht und die Nacht war voller Wolken und ohne Sterne. Und es kam die sternenklare Nacht und es war Vollmond und der Vollmond schien so vorlaut, dass er keine Sterne sah. Und der Vollmond verging und jetzt begann er glücklich wieder die Sterne zu zählen, so lange, bis er sich wieder verzählt hatte. In seiner Not befragte er die Sterndeuter, die Astronomen, die Himmelsgucker und alle gaben ihm eine sternenklare Antwort: Keiner weiß, wie viel Sternlein stehen! Und seitdem zählt er nicht mehr. Er weiß, wie viel Sternlein stehen. Ihre Zahl ist an sich unbedeutend. Aber wenn man sich verzählt, sind es weniger.

Der, der wo gerne Kreuzworträtsel löst

Wenn mich der südliche Schwarzwald für ein paar Tage mit Schwarzwälder Speck und Schwarzwälder Kirschtorte zum Urlauben lockt und ich mich dann mit dem Mountainbike den Feldberg hinaufquäle oder mich bei Nebel hinunterquäle auf engen Pfaden an schwindelerregenden Schluchten, dann kaufe ich mir in diesem Urlaub nicht täglich die Süddeutsche Zeitung, sondern ich kaufe die Badische Zeitung.

Die Süddeutsche Zeitung überfordert mich nämlich ständig, während die Badische Zeitung Mitleid mit mir und der Schwere meines faltenreichen Daseins hat und die angenehmste Rücksicht nimmt auf meinen dahinsiechenden, ehemals genialen Verstand.

Jawohl, die Badische Zeitung kaufe ich und stürze mich keinesfalls sofort auf die mich seit sechzig Jahren quälende Weltpolitik mit ihren nervigen ständigen Wiederholungen: Israel, Palästina, Palästina, Israel.

Sogar die Lokalpolitik von St. Blasien und Umgebung meide ich absichtlich, die Feuerwehrfeste überspringe ich, die Ehrungen für vierzig Jahre Gemeinderat ignoriere ich, die Ankündigungen des Musikvereins brauche ich nicht, nur die Todesanzeigen schneide ich zwecks späterer Auswertung sorgfältig aus; man will ja schließlich wissen, welche arme Sau schon wieder vor einem ins Gräslein gebissen hat.

Und dann widme ich mich mit der Hingabe meiner Jahre dem Kreuzworträtsel der Badischen Zeitung. Natürlich hat auch die

Süddeutsche Zeitung ein Kreuzworträtsel. Aber dieses Kreuzworträtsel ist für den mir verbliebenen Restverstand mit seinen fürchterlichen Demenzschüben nicht lösbar. Es muss doch nicht sein, dass mir ein Kreuzworträtsel ständig meine geistigen Grenzen aufzeigt. Estnische Krone, Abkürzung. Muss man das wissen oder weiß das von Ihnen vielleicht einer? Der erste Buchstabe wäre ein „E". Na also!

Da liebe ich doch so Fragen wie „Farbton" mit vier Buchstaben. Auch nicht ganz einfach, aber zumindest lösbar. Das könnte jetzt „blau" sein oder „grau" oder „gelb". Was bleibt am Ende, wenn der zweite Buchstabe ein „I" ist, weil Einfuhr „Import" ist. Ja, Sie da, was bleibt? Jawoll, der gesuchte Farbton ist „Lila".

Schon spannend, gell.

Es gibt natürlich auch einfachere Fragen. Die Frage nach einem geistreichen Scherz zum Beispiel ist ja schon fast ein Witz und dass die erste zweistellige Zahl, wenn der zweite Buchstabe ein „E", der dritte ein „H" und der vierte ein „N" ist, nur die „Zehn" sein kann, ist eh klar. Aber, da erst amal drauf kommen, das ist doch das Schöne, das Beglückende.

Und das Allergeilste ist: Am Schluss kommt, aus vierzehn Buchstaben zusammengesetzt, wobei die dafür in Frage kommenden Buchstaben eingekreist sind, ein Lösungswort heraus. Und wenn ich das gefunden hab, dann lehn ich mich zurück, ruf mit ein paar tausend anderen Kreuzworträtslern die Glücksnummer an und weiß, dass der Rechtsweg ausgeschlossen ist und ich nichts gewinnen werde außer meinem Glücksgefühl.

Das Lösungswort lautete übrigens: Abmagerungskur.

Angesichts Schwarzwälder Speck und Schwarzwälder Kirschtorte wirklich nicht einfach, das werdens doch wenigstens zugeben, Sie, die Sie keine Ahnung haben, oder wissens jetzt: Estnische Krone, Abkürzung?

Die Alterspyramide

Im Osten Deutschlands (und später auch im Westen) wird es in zehn Jahren eine Kleinstadt geben, in der kein Einwohner jünger als vierzig Jahre sein wird.

Da werden die Alten zu Altenpflegern werden. Da werden die Schulen und die Kindergärten leer stehen hinter dunkel gähnenden Fensterhöhlen.

Ein Krankenhaus für Sieche wird notwendig sein und die Siechen zu den Siechen ins Bett kriechen, auf der Suche nach der verlorenen Wärme.

Es wird mehr Bestattungsunternehmen geben müssen als jetzt. Die Alten werden die Alten zu Grabe tragen.

Die Hebammen werden ausgestorben sein, die Kindergärtnerinnen nicht mehr gebraucht, die Lehrerinnen mit vierzig in Pension geschickt.

Ein kleiner Radiosender wird den ganzen Tag Oldies spielen. Die Nachrichten von vor vierzig Jahren werden wiederholt werden. Die Alten werden glauben, dass es die neuesten Nachrichten sind.

Die Häuser werden zerfallen, da sie keine Zukunft haben. Die Straßen werden nicht ausgebessert werden, da die Elektrorollstühle auf dem Bürgersteig fahren.

Für das Schwimmbad wird es keinen Bademeister mehr geben. Für die Fußballmannschaft keinen geschmeidigen Torwart.

Die Alten werden in die nächste Großstadt fahren müssen, um Kinder anzuschauen.

Vielleicht werden sie aber auch nur in alten Fotoalben blättern und ihr Alter verfluchen.

Die Alten werden sich nach Kindergeschrei sehnen und nach dem Tod.

Der Tod aber wird nicht kommen wollen, in diese sterbende Stadt. In diese Stadt der Nachkommen ohne Vorfahren.

Denn die Stadt wird stinken aus ungeputzten Zähnen. Diese Stadt wird vermodern zu Hoffnungslosigkeit.

Diese Stadt wird mit dem letzten Leben vergehen und die Natur wird sich über diese Stadt hermachen mit ungebändigter Lebenslust und die Menschen nicht vermissen.

Silvester in Waidhaus

Es dürfte so in den späten fünfziger Jahren des vorigen Jahrhunderts gewesen sein. Die Amerikaner hatten vor dem alten Zollhaus ein Maschinengewehr aufgestellt, das drohend in die Tschechei hinüberschaute, weil die Tschechen unsere Feinde waren. Und auf der anderen Seite vom Grenzbach war ein hölzerner Wachturm errichtet worden und von dem schaute ein Maschinengewehr zu den Amerikanern, weil die die Feinde von den Tschechen waren und wir auch, angeblich. Verstanden habe ich das mit den Feinden damals noch nicht so recht, aber wenn der Vater sagte, dass der Tschech ein Feind ist, dann musste das stimmen, weils der im Radio auch gsagt hat. Kalter Krieg war so ein Lieblingswort von dem Nachrichtensprecher im Radio gwesen.

Die Amerikaner waren zu zweit. Einer war schwärzer als wie eine Nacht nur schwarz sein kann und der andere ein bisserl kleiner, kasig und rothaarig. Ich konnte erst gar nicht glauben, dass die zwei aus dem gleichen Land kommen sollten, aber sie haben sich dann englisch unterhalten und da war mir klar, dass beide Amerikaner sein mussten.

Der Schwarze war schon seit dem Sommer auf seinem Posten bei dem Maschinengewehr. Einmal hat er meine Schwester auf den Arm genommen und die hat mit dem rechten Zeigefinger probiert, ob ihm die schwarze Gesichtsfarbe abgeht. Die ist aber nicht abgegangen und da war meine Schwester enttäuscht und der Ami hat sich krumm glacht mit seinen blitzenden weißen Zähnen. Der Rothaarige hat auch glacht! Gschossen haben die Amis mit dem Maschinengewehr nicht, weil die Tschechen auch keine Lust zum

Schießen hatten, und so war dieser Kalte Krieg für mich ziemlich fad und ich hab heimlich Landser-Heftl glesen mit so Titeln wie „Panzer rollen in Afrika vor" oder „Fallschirmjäger auf Kreta".

Aber dieses Silvester wollte mein Vater schießen, Leuchtkugeln wollte er schießen aus seiner großen Signalpistole. Rote, grüne und weiße Leuchtkugeln. Mein Vater war nämlich so ein Grüner, wie die Einheimischen zu den Grenzern damals sagten, und der durfte schießen. Er hatte auch eine normale Pistole und einen Karabiner. Mit dem Karabiner hat er amal einen Hund daschossen, weil ihn der gebissen hatte. Genau zwischen die Augen hat er den Schäferhund getroffen. Ratzfatz war der mausetot. Mir tat der Hund furchtbar leid, aber auf meinen Vater war ich stolz, weil alle sagten: Ein sauberer Schuss, agrat zwischen dAugen.

Und die Amerikaner hatten irgendwie auch nix gegen diese Silvesterschießerei und so sperrte der Vater kurz vor Zwölf den Waffenschrank auf, nahm die Signalpistole heraus, stopfte so ein Dutzend Leuchtpatronen in seine Manteltaschen und schaute vor dem Haus auf seine Uhr. Vor zwölf Uhr schießen, wäre für meinen Vater nie in Frage gekommen. Er konnte sich sogar furchtbar ärgern, wenn es irgendwo vor Zwölf schon krachte.

Aber um Punkt zwölf Uhr streckte Vater seinen rechten Arm in die Höhe und eine rote Leuchtkugel zischte in den nachtschwarzen Himmel und die Amerikaner waren grad so begeistert wie ich. Und dann zog eine grüne Leuchtkugel am Himmel fauchend seine Spur und wieder krachte eine rote und dann noch eine grüne und es war ein Feuerwerk am Himmel, weil auch die Tschechen Leuchtkugeln abschossen und so tanzten ost-westliche Lichter am Himmel und vermischten sich und erloschen dann zischend am Boden im kalten Schnee.

Und dann schoss mein Vater eine letzte, eine hellweiße Leucht-kugel in den nachtschwarzen Himmel und da öffnete sich an dieser Leuchtkugel ein kleiner weißer Fallschirm und die Leucht-kugel wurde samt Fallschirm vom Wind verweht und taumelte in der Luft und flog und flog über den Grenzbach zu den Tschechen. Und die bedankten sich und schossen auch eine letzte, so eine hellweiße Leuchtkugel in die pulverdampfige Luft. Und die pul-verdampfige Luft verzog sich langsam und Vater gab den Ameri-kanern die Hand und sagte „Happy New Year". Das hatte ich dem Vater beigebracht. Ich war ja schließlich sein großer Junge.

Was er wollte, was er will, was er tun sollte

Sein Leben hatte die Ordnung, die er wollte, nach der er sich gesehnt hatte und die er verflucht hat, zwischendurch.

Die Ordnung bestand aus Ritualen, die nicht mehr in Frage gestellt wurden, nach so vielen Jahren.

Am Morgen das schwere Aufstehen, das schelmische Gesicht im Spiegel, wenn es nicht ermattet war von den langen Stunden der Nacht, die Nassrasur, bei der er sich wöchentlich einmal verletzte und trotzdem keinen Elektrorasierer kaufte, die heimliche Freude darüber, dass manche seiner Bekannten Probleme mit einer fröhlichen Erektion hatten, die wiederkehrenden erschreckenden Nachrichten, die durchlüftende Radlfahrt ins Büro, der zehn, zwölf Stundentag, der wöchentliche Stammtisch mit dem heldenhaften Weißbiergefasel von älteren Herren, der ermattende Fernsehabend ohne Aussicht auf Besserung, dieses Bühnentheater hin und wieder, diese guten Filme ab und zu und dann noch die sich häufenden Beerdigungen mit und ohne Trauer. Alles geregelt! Eine Ordnung, wie von Gott gegeben und wie von Menschen so gewollt.

Die Frage war, ob es so weitergehen sollte bis an das Ende des Tages, der feststand seit seiner Geburt, hineingemeißelt in die schlingernde Spur des Lebens.

Also, was wollte er noch, wenn er überhaupt noch etwas wollte.

Er wollte mit dreiundsechzig Jahren in Rente gehen, sich einige Monate auf den Lofoten ans Meer setzen und Kabeljau angeln, sich ein Kabinenboot aus Holz kaufen und auf den Kanälen zwischen Nord- und Ostsee herumschippern, jeden Schlaganfall und jedes Altenheim meiden, mit dem Mountainbike und seinem frisch reparierten linken Knie den Schwarzwald von Nord nach Süd durchfahren, endlich Goethes gesammelte Werke fertig lesen, endlich monatlich ins Theater gehen und Händchen halten mit seiner Frau.

Vielleicht würde er noch ein neues Buch schreiben. Vielleicht!

Obwohl, eigentlich war ja schon mehr geschrieben worden als je gelesen werden konnte.

Aber dann, dann kam sie ihm dazwischen, haute seine Pläne unschuldig und lächelnd auf den Kopf. Sie war zu jung, um von seiner langen Vergangenheit und seiner bevorstehenden kurzen Zukunft zu wissen. Sie genoss sein schelmisches Lachen, seine rauchigen Küsse, seinen erdigen Charme, seine undurchsichtigen Komplimente, seine zupackende Holzfällerliebe und sein furchtloses fröhliches Sein. Sie liebte mit der vorsichtigen Weisheit des Älterwerdens, er liebte mit der endgültigen Rücksichtslosigkeit des Alters. Dabei genoss er ihr sprudelndes Lachen, ihre uferlosen Küsse, den zerbrechlichen Körper, ihre vielleicht ehrlichen Komplimente, ihre Sehnsucht nach seinem beschützenden Schweiß und ihr vertrauensvolles Hineinfallen in irgendeine Zukunft.

Was will er jetzt? Will er mit dreiundsechzig in Rente gehen, einkaufen, kochen und abends auf eine zwölfstundenmüde Frau warten, allein einige Monate auf die Lofoten zum Angeln gehen, die nächsten ungezählten Jahre mit keinem Kabinenboot auf Kanälen schippern, mit einer jungen Frau ins Theater gehen, ins Kino, an den Strand und mitleidige und andere Männerblicke ertragen, mit dieser Frau Händchen halten und die Frage des Hotelportiers vernehmen: Vater und Tochter auf Reisen? Oder will er gar in dreizehn Jahren im Rollstuhl von ihr durchs Leben geschoben werden?

Was will er? Natürlich will er auch sie! Unerträglich der Gedanke an einen Verzicht. Unerträglich die Vorstellung, dass ein Anderer ihr sprudelndes Lachen und ihre uferlosen Küsse genießen darf.

Vielleicht würde ihm sein Verstand den Verzicht verzeihen.

Aber er kann auf sie nicht verzichten, nicht jetzt.

Und doch will er auch Händchen halten mit der Frau, die neben einer Zukunft auch noch eine Vergangenheit im Rucksack trägt. Unter deren Händen er seine Kinder wachsen sah. Die seinen schmerzenden Rücken heilte. Für deren Falten im Gesicht er mitverantwortlich ist. Deren Haare langsam grau werden. Die sich nicht immer auf ihn verlassen konnte. Und die er nicht verlassen kann, jetzt.

Was sollte er tun? Er würde fortgehen müssen! Vielleicht sollte er sich auch betrinken. Aber fortgehen könnte gut sein. Der Entscheidung so lange aus dem Weg gehen, bis entschieden ist. Alles ist Bestimmung! Natürlich könnte er auch selbst entscheiden!

Das könnte er. Trotz der Angst davor, dass ein geworfener Stein auch fällt.

Die Summe des Lebens

Ich fand in der Post eine Einladung der Alten Tante Espede zu einem gegenseitigen Kennenlernen beim „Seniorennachmittag". Seniorennachmittag! War ich nicht erst gestern bei den Jusos eingetreten. Ich war tief getroffen und beschloss meinen sofortigen Austritt aus dieser Partei der Rücksichtslosigkeit gegenüber meinem Alter. Ich dachte immer, man ist so alt, wie man sich fühlt. Die können doch nicht wissen, wie alt ich mich fühle. Ich fühle mich jedenfalls nicht alt genug für einen Seniorennachmittag mit Kuchen und Kaffee. Das hat gar nichts damit zu tun, dass mein Magen keinen Kaffee mehr verträgt. Ich habe mich ohne Kaffee noch nie so wohl gefühlt wie in diesen Tagen.

Und nach dem dritten Weißbier schlafe ich inzwischen ein, egal wo ich bin. Am Stammtisch, im Biergarten, auf Besuch. Das ist traumhaft. Ich brauche keine Ausreden mehr! Morgen ist ein harter Tag und andere Blödheiten. Wenn mir fad ist, schlafe ich einfach ein.

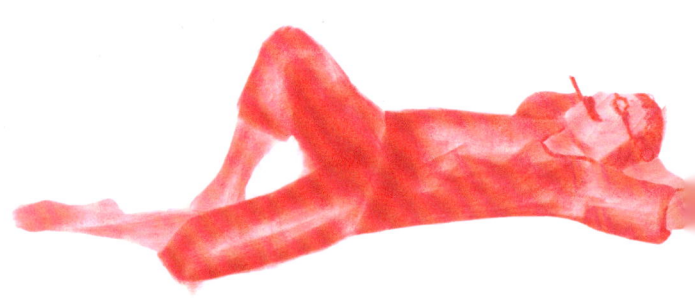

Mit dem Spruch, wenn mir morgens nichts mehr weh tut, bin ich tot, kann ich nichts anfangen. Mir tut nichts weh. Wofür gibts denn Tabletten. Ich nehm die nicht erst, wenn mir was weh tut, ich nehm die immer.

Mit den paar Falten kann ich leben. Das sind Lachfalten! Wem das Lachen keine Falte wert ist, hat das Leben als Anfang vom Ende noch nicht begriffen.

Natürlich lässt die Kraft nach. Aber das heißt noch lang nicht, dass man selber nachlässt. Natürlich hört man schlechter. Aber muss ich alles hören, was nicht für mich bestimmt ist? Natürlich sieht man schlechter. Aber genügt es nicht, nur noch die Schönheiten der Welt zu erkennen.

Angeblich lässt im Alter die Begierde nach. Ich kann das nicht bestätigen. Ich dementiere das ausdrücklich. Mag sein, dass es bei dem Einen oder Anderen beim Vollzug der Begierde Probleme gibt, aber dafür gibts auch Tabletten. Fragens mich nicht, woher ich das weiß.

Manche Jungen behaupten ja, dass man im Alter vergesslich wird. Aber die Jungen vergessen die Alten ja schon, ehe sie selber hätten vergesslich werden dürfen.

Als ich jung war, habe ich ein Jahr lang auf der Pflegestation eines Altenheims gearbeitet. Ich habe Ärsche gewischt und zahnlose Mäuler befüttert. Ich habe nichts vergessen. Meinen Eltern hab ich versprochen, dass ich nicht zulassen werde, dass sie amal in ein Altenheim müssen, als Ausstellungsstücke in so einem Museum des Zerfalls.

Meine Eltern wollten nicht in dieses Museum des Zerfalls. Sie sind freundlicherweise vorher in den weiß-blauen Olymp aufgestiegen und warten dort auf mich.

Und ich denk bis dahin an die Worte eines befreundeten Dichters und leb auch noch danach: „Buam, schmeißts de Kruckn weg, die letztn Meter zum Friedhof fliang ma."

Salon Paul

Mein Stammtisch trifft sich wöchentlich. Trotzdem ist es fast unmöglich, für zehn erwachsene Männer, von denen nur noch die Hälfte berufstätig ist, einen gemeinsamen Termin für einen Radlausflug zu finden. Die Radlausflüge sind immer im Mai, sind seit knapp zwanzig Jahren im Mai. Trotzdem sind zehn erwachsene Männer immer verwundert, dass der Mai lediglich vier Wochen hat. Die Diskussionen über den Reisetermin sind endlos, wochenlang fruchtlos und nervenaufreibend, da besonders unsere Rentner von immensen Terminproblemen geplagt werden. Sich vorzustellen, dass unsere Rentner früher einmal einem Beruf nachgegangen sein sollen, ist völlig unvorstellbar. Wortlos legen sie ihre übervollen Terminkalender auf den Stammtisch: Arzttermin, Schwimmbad und Sauna, Fitness-Studio, Englischkurs (Auffrischung), Italienisch für Anfänger, Vorlesung während des Seniorenstudiums (Vom Geist der Antike), Volkslauf in Hamburg, Dortmund und Berlin, achttägige Bildungsreise nach Südtirol, Spaziergang mit dem Enkelkind im Englischen Garten, jeden Donnerstag: Stammtisch.

Irgendwann hatten wir uns auf die letzte Mai-Woche und Altenbruch bei Cuxhaven geeinigt, Nordsee sozusagen.

Es war wunderbar, so wie alle unsere Ausflüge immer wunderbar gewesen sind. Unterkunft: herrschaftliches Haus, Verpflegung dank unserer eigenen Köche geradezu großartig (zwei Stammtischler hatten an einem Kochkurs für Fortgeschrittene teilgenommen), das Wetter blauhimmelig und sonnenvoll, dezenter Gegenwind, keine Reifenpannen, Alkoholaufnahme nur in Einzelfallen exzessiv. Die aktive Mitarbeit bei verschiedenen häuslichen Tätigkeiten wurde nur von einer Person verweigert; diese Person ist allerdings bekannt.

Eine meiner größten Freuden ist es, im Radlurlaub einen Frisör oder gar eine Frisöse aufzusuchen. Bisher war es mir noch immer gelungen, mit entsetzlichen Frisuren die Frisörsalons zu verlassen: Stiftenkopf, Glatze, gehackter Stufenschnitt, Hindenburg-Schädel. Einer Frisöse im Fichtelgebirge, sie beherrschte nur die sächsische Sprache, war es ohne meinen ausdrücklichen Wunsch blitzschnell gelungen, meinen Schnauzer bis auf ein paar lächerliche Haarkrümel zu entfernen. Meine Bitte, vom Schnauzer a bisserl was wegzunehmen, interpretierte sie in ein bisserl was darf noch stehen bleiben um. Ich verweigerte mich der Menschheit eine Woche lang!

In Altenbruch entdeckte ich zu meiner großen Freude schon am ersten Tag ein Schild: „Salon Paul". Dieser Salon Paul ist in einem grauen Häuschen an der Hauptstraße untergebracht. Im Schaufenster, welches den Anschein eines vergrößerten Küchenfensters erweckt, sind verschiedene Duftwässerchen und Haarcremes mit verblichenen Etiketten ausgestellt.

An meinem dritten Urlaubstag betrat ich den Salon. Ein Glöckchen bimmelte freundlich. Unter einer riesigen tiefbrummigen Trockenhaube entdeckte ich eine Dame, die Wörter aus der „Bunte" in sich hineinschlürfte. Hinter einem Plastikvorhang tönte eine Stimme: „Paul, Kundschaft." Paul erschien nicht. Wieder tönte die Stimme: „Paul, jetzt komm doch endlich, Kundschaft." Paul wollte auf seine Ehefrau oder wer immer das war nicht hören. Da rückte die Ehefrau oder wer das war den Plastikvorhang zur Seite und meinte beruhigend, dass ihr Ehemann im Garten wäre und sie ihn jetzt holen würde.

Wieder rief die Ehefrau nach Paul und Paul erschien. Schütter im Haar, schwer im Gang. „Tach." – „Grüß Gott." Paul bedeutete mir mit dem Kopf, Platz zu nehmen. Elegant schwang er mir ein blütenweißes Tuch um den Hals. „Wie hätten Sie es denn gerne?" – „Kurz!" – „Gut, kurz." Und Paul schnappte sich die Schere und schnitt und schnitt und sprach kein Wort eine halbe Stunde lang. Ich auch nicht. Dann legte Paul die Schere zur Seite und umkreiste meinen Hinterkopf mit einem Spiegel. Ich nickte, ich zahlte und Paul sagte Tach und ich sagte Grüß Gott.

Ich stieg aufs Radl. Der Gegenwind war freundlich. Was mein Stammtisch wohl heute zu meiner Frisur sagen würde, die so ganz ohne Worte entstanden war? Der Stammtisch verlor kein einziges Wort. Unsere beiden Meisterköche hatten Lamm gebrutzelt. Als ich mir durchs Haar fuhr, fand ich, dass gute Frisöre eigentlich nicht immer so viel reden müssen.

Als die Gebissträger laufen lernten

Ich keuchte beim Langlauf im Schwarzwald gerade mein durchschwitztes Goretex-Hemd den Aufstieg zum Äulemer Kreuz hinauf, dreihundert Höhenmeter, als ich kurzfristig hinter mir einen leichten Atem vernahm. Ich vermutete einen dieser kernigen Jungspunde. Überholt hat mich dann leichtfüßig so ein durchfaltetes, sonnenstudiomäßig durchbräuntes Altgesicht von einigen hundert Jahren und das machte mich stutzig.

Ich quälte mich gerade schweratmig in meinen nagelneuen grellbunten Joggingschuhen über den Rundkurs im Kapuziner Hölzl, als leichtatmig schon wieder so ein durchfaltetes, sonnenstudiomäßig gebräuntes Altgesicht von einigen hundert Jahren mit tadellosen dritten Zähnen mir seine grellbunten Schuhsohlen von hinten zeigte und das machte mich wieder stutzig.

Und dann war es in der dampfheißen Sauna im Dantebad – ich betrachtete gerade wohlgefällig meinen seit zwanzig Minuten um zwei Kilo leichteren fünfundsiebzig Kilo Alabasterkörper mit eingezogenem Bäuchlein im Doppelspiegel – als ein sehniger sonnengebräunter Stahlkörper von einigen hundert Jahren sich neben mir ebenso betrachtete und meinen untadeligen Körper wie den Körper vom Methusalem aussehen ließ, was mich durchaus noch amal stutzig machte.

Und dann fuhr ich mit meiner um zwanzig Jahre jüngeren Freundin im windoffenen Cabrio und angesteiftem Gnack zum Langwieder See, als nach meinem lässigen Einparken ein spritfressender Daimler-Chrysler Landrover noch lässiger einparkte und diesem potthässlichen Spritfresser zwei langhaxig überirdisch Schönhüftige lachprustend happy entstiegen und ein gebräunter Altfaltiger mit den dritten kukidentfesten Beisserchen diesem insolvenzverdächtigen klimakillenden Allradantriebler ebenfalls entstieg und die Schönhüftigen umhüftete und busselte und durch die langmähnigen Haare kraulte, da war ich nichts anderes mehr als nur noch stutzig.

Und zwanzig Minuten später kraulte ich durch den Langwieder See, meine um zwanzig Jahre jüngere Freundin winkte mir scheinheilig bewundernd zu und dachte dabei vorauseilend an das nette Appartement, welches ich ihr für körperliche Zuneigung ohne geistigen Anspruch versprochen hatte, als es neben mir wallte und siedete, spritzte und gischte und mich schon wieder so ein – oder war es dieser –, so ein sonnengebräunter geldsackiger Frührentner rücksichtslos überspurtete und ich endgültig stutzig wurde.

Radfahren ist meine letzte Leidenschaft. Da krümme ich mich über den geschwungenen Lenker meines Roadrunners, die leicht geölte Kette surrt über die blanken Ritzel am Hinterrad, ich lächle gönnerhaft diesen traurig-kasigen Hartzvier-Jungspunden mit der für sie verbliebenen letzten Weiblichkeit, diesen maskenhaft schönheitschirurgiert verpfuschten alten Weibern zu und bin mir sicher, dass dieser gebräunte Altfaltige mit den dritten Zähnen heute – ich sah ihn aus den Augenwinkeln, machte einen leichten Schlenkerer.

Der gebräunte Altfaltige stutzte zu spät und dann hats ihn hingebrettert. Ich weiß nicht, was aus ihm geworden ist.

Jedenfalls überholt er mich seitdem nimmer.

Der Bilderkäufer

Das urige Schwarzwalddorf Bernau liegt in einem weiten Hochtal. Mit 1415 Meter über dem Meer ist das Bernauer Herzogenhorn der zweithöchste Schwarzwaldgipfel. Die Schönheit der Landschaft können Sie beim Wandern in der gesunden Höhenluft genießen. Besonders sehenswert sind die beiden Museen der Gemeinde.

Das eine Museum ist der Resenhof. Holzschnefler- und Bauernmuseum, Hochschwarzwälder Eindach-Hof, Wohn- und Wirtschaftsteil unter einem Dach, jüngere Form des Heidenhauses – erbaut 1789 –, Holzsäulenzimmerung. Interessant! Aber dieses Museum wollte ich anschauen, wenn ich amal in Rente bin.

Mich interessierte mehr das zweite Museum, das Hans-Thoma-Museum. Hans Thoma, am 2. Oktober 1839 in Bernau geboren, zählt zu den bedeutendsten deutschen Künstlern des 19. Jahrhunderts. Schwerpunkte seiner Arbeiten sind Landschaftsbilder, die den größten Teil seiner Werke ausmachen. Und ein wunderschönes Buch hat der Thoma geschrieben: „Im Winter des Lebens". Ich habe es gelesen. Gar nicht übel. „In diesem Tal, auf diesen Höhn, hab ich die Welt zuerst gesehn."

Das Museum ist im Rathaus der Gemeinde Bernau untergebracht, 1. Stock. Helle, großzügige Räume, kräftige Dachbalken. An einem Tresen werden Eintrittskarten, Bücher und Radierungen vom Thoma verkauft. Sehr nett, familiär.

An dem Tag meines Besuchs gab es auch noch eine Sonderausstellung. Der Künstler war anwesend in seiner ganzen unsympathischen Arroganz. Seine Bilder waren wie er. Nicht einmal auf dem Scheißhaus hätte ich mir ein Bild von dem aufgehängt. Fürchterlich!

Ich betrachtete die Bilder natürlich trotzdem. Vielleicht hoffte ich wenigstens auf ein Bild, das mir zusagen könnte. Nichts! Mit mir betrachtete noch ein Herr ganz intensiv die Bilder. Der trug einen schwarzen Hut, eine schwarze Röhrlhosn, die Schuhe glänzten ebenfalls schwarz und das schwarze Hemd schlapperte an seinem außerordentlich dünnen Oberkörper. Um den noch dünneren Hals hatte der Herr elegant ein rotes Tücherl geknüpft.

Der Herr sah aus wie ein Künstler, jedenfalls stelle ich mir einen Maler so vor: Extravagante Kleidung, offenes Gesicht, blaue Augen, spitzbübisch. Der Bildermaler der Sonderausstellung war meiner Meinung nach kein Künstler: Ordinäre Cordhose, kein Hut, graue Strickweste. Geh!

Mein Künstler interessierte sich heftig für zwei gegenüberhängende Bilder des Nichtkünstlers. Rotschwarze Ölkleckse meiner Meinung nach. Chaos. Wie hieß es einmal in einer Kritik über den Blauen Reiter: „Diese Bilder müssen rauschgiftsüchtige Irre gemalt haben."

Trotzdem tänzelte mein Künstler vor den Bildern auf und ab. Er betrachtete die Bilder mit beiden Augen, dann einäugig, von der Seite, von der Nähe, im Abstand von einem, von zwei Metern, er legte sich gar auf den Boden und fixierte die Bilder im Liegen. Er neigte den Kopf zur Seite, warf ihn nach hinten, er studierte ausgiebig die Bildbeschreibung samt Preisangabe, nickte wohlgefällig, öffnete seinen Geldbeutel und zählte nach.

Mein Nichtkünstler beobachtete die Szene ebenfalls in wohlgefälliger Arroganz. Ich spürte schmerzvoll, wie er den Verkaufspreis der beiden Bilder zusammenzählte. Achttausend Euro. Wo blieb mein Schmerzensgeld! Ich wollte weg!

Am Ausgang klatschte eine elegante Dame jung gebliebenen mittleren Alters in die Hände. Strahlende junge Menschen versammelten sich um sie. Hingen an ihren Lippen. Folgten ihr unaufgeregt und mit überraschender Artigkeit. Und dann traute ich meinen vom Astigmatismus geplagten Augen kaum. Mein Künstler, der schwarze Elegante mit dem roten Halstüchlein, folgte dem Grüppchen ebenfalls. Beim Hinausgehen verbeugte er sich tief vor dem Maler, zückte den Hut und entschwand.

Vor dem Hans-Thoma-Museum parkte ein Mercedes-Bus mit der Aufschrift „Behindertenwerkstätte St. Michael". Als der schwarze Elegante in den Bus stieg, gab ihm die elegante Dame jung gebliebenen mittleren Alters einen Klaps auf den Rücken und lächelte schalkhaft dazu: „Na, hast wieder Blödsinn gmacht?"

Der Schwarze vom Siegestor

Da steig ich in ein Taxi am Siegestor. Da hockt in dem Taxi am Siegestor ein Schwarzer, der so schwarz ist, dass er die Nacht unmöglich sehen kann. Und dann sagt dieser unerlaubt von der Natur schwarze Schwarze zu mir: „Grüaßde, servus." In mir bebt die Erschütterung. Wo bin ich? In Schwarzafrika, oder wo. Sag ich zu dem: „Was bistn du für einer?" Sagt der: „Uganda." Sag ich: „Niederbayern", und dann lacht der und sagt: „Ziemlich schwarz." Sag ich zu dem, Uganda ist auch nicht besser. Antwort: „Stimmt." „Ja mich leckst am Arsch", sag ich zum Taxler, sagt der: „Drei Hoibe." „Sag vier. Stammtisch." Sagt der: „Super." „Wohin", fragt er dann zahnweiß neugierig. Frag ich mich, muss ich dem sagen, wohin ich will, diesem schwarzen Ugander. „Hast eh keine Ahnung, wohin ich muss", sag ich zu dem. „Selbst wenn ich sag, wohin ich will, hast keine Ahnung", sag ich zu dem. Sagt der „wetten?" „In den Kirschen", sag ich und bin mir sicher, dass der jetzt sein Navi einschalt. Grinst der nachtschwarz und orakelt: „Hinterm Krankenhaus, Dritter Orden." Da bin ich völlig fertig und frag den Schwärzesten aller Schwarzen: „Wie viele Königinnen, nicht Könige, gabs in Bayern?" Sagt der, nicht fünf, sondern vier. Und hat recht. „Kannst in Bayern bleiben", sag ich zu ihm. Sagt er: „Meine Frau sagt immer, in so einem schwarzen Land kennt man dich von den Weißen überhaupt nicht weg." Hätt nie gedacht, dass ich amal Schwarze mag.

U 3 / U 6

Da klemm ich mich am Sendlinger Tor in die U 3.

Ein Rucksack wachelt an meinem Gsicht vorbei.

Der Rucksack sagt Entschuldigung und schon bin ich zfrieden.

Unzfrieden bin ich mit dem Walkman neben mir.

Der dröhnt mir so ein Bumm Bumm Bumm in meinen noch funktionalen Gehörgang.

Ich schau den Bumm Bumm Bummer an, dass er weiß, was ich mein.

Ich bin zufrieden, wie er am Odeonsplatz aussteigt.

Dann haut einer seine Haxn auf den Sitzplatz neben mir.

Mir fallt ein, dass einen niedergfotzt ham, der sich wegen der Raucherei in der U-Bahn aufgregt hat.

Wenn Sie jetzt rauchen täten, sag ich zu dem Haxenlümmel, dann …

Bin Nichtraucher, sagt der Haxnlümmel und schon bin ich wieder zfriedn.

Alles wär gut gwesn, wenn nicht eine rucksacklose, ungefähr 80jährige Nichtraucherin zu dem Haxnlümmel gsagt hätt:

Dua Deine Haxn obe, du dreckada Dreckhammel, du dreckada, weil sonst duschada oane.

I hättma dees net song traun.

Dee oidn Weiber san ja so wos von brutal.

Und i bin so wos von feig.

Am nächstn Dog:

Irgend so ein Haxnlümmel haxt seine Haxn in da U 6 auf den Sitzplotz gegenüber.

Soge zu dem: Dua deine Haxn obe, du Dreckhammel, du dreckada, weil sonst duschada oane.

Quallt a 80jährige hinter mir: Sensgs net, dass der an Gipshax hod, sie gscherter Mensch, sie gscherter.

Sog nie mehr wos!

Der, der so gerne heiratete

Ich erzähle Ihnen die Geschichte des Mannes, der mein Freund ist und der fünfmal geheiratet hat.

Das Leben meines Freundes begann übrigens nicht in der Kindheit, sondern in sehr jungen Jahren mit der ersten Eheschließung. An seine Kindheit hat mein Freund keine Erinnerung.

Zur ersten Eheschließung musste meinem Freund im zarten Alter von siebzehn Jahren eine Ausnahmegenehmigung erteilt werden. Bei der Braut war keine Ausnahmegenehmigung nötig, da sie mit siebenundzwanzig Jahren die Volljährigkeit weit überschritten hatte und man davon ausgehen konnte, dass sie wusste, was sie tat. Mein lieber Freund berichtete mir anlässlich einiger Schoppen vollmundigen Rotweins, dass er die Ehe und insbesondere die ehelichen Pflichten, die er als durchaus angenehm empfand, sehr ernst genommen habe. In permanenter Wahrnehmung dieser Pflichten versäumte er es leider, das Abitur zu stemmen. Er stemmte stattdessen die Ehefrau in ehepflichtiger Lust ein Jahr lang durchs Leben, jedenfalls so lange, bis die Ehefrau seine Pflichterfüllung als übertrieben und körperlich unerträglich empfand. Aus!

Die zweite Eheschließung kann meinem Freund unschwer angelastet werden. Er hatte seine Schlosserlehre kaum mit dem Gesellenbrief glücklich abgeschlossen, als sein Meister von einem Baugerüst stürzte und so mit einem irreparablen Genickbruch zu Tode kam. Die Frau Meisterin heulte sich erbarmungswürdig so lange die Seele aus dem Leib, bis mein Freund sich ihrer erbarmte. Zum Dank für diese unerschütterliche Treue zu seinem Arbeitgeber, übernahm die Frau Meister die mit einer Meisterprüfung zusammenhängenden Kosten unter der aus ihrer Sicht nachvollziehbaren Auflage einer späteren Heirat im großen Stil mit Standesamt und ohne Pfarrer. Mein Freund kam also im übertragenen Sinn hinter Schloss und Riegel. Das Schloss ging erst wieder auf, als sich die Frau Meisterin weigerte, auch noch ein Ingenieursstudium an der Fachhochschule zu finanzieren. Mein Freund heulte Rotz und Wasser! Frau Meister fand einen neuen Meister. Mein Freund fand einen Studienplatz an der Fachhochschule und ein schmales Stipendium.

Mein Freund schlug sich damit durch das dreijährige Ingenieurstudium zum Maschinenbauer FH und düste danach schnurstracks in Richtung Indien ab – Entwicklungshilfe. Zwei Jahre lang baute er Pumpen zur Trinkwasserversorgung der einheimischen Bevölkerung. Das Wasser sprudelte, der Lohn kam unregelmäßig und die indischen Frauen waren weit, sehr weit. Und ein Flirt geriet schnell in die Nähe eines Heiratsversprechens. Aber heiraten, heiraten, das wollte er nicht mehr, mein Freund, unser Freund.

Er flog also zurück in seine bayerische Heimat, konnte aber mit dem Volkstanz nichts anfangen und jedes Brauchtum wie Fingerhakeln oder Schnupftabaken war ihm fremd geworden; ein Desaster für einen kräftigen Mann in den mittleren Jahren.

Da mein Freund keine Arbeit fand, machte er sich selbständig und baute Spezialmotoren für Garagentore. Es waren große Motoren für große Garagentore. Die großen Garagentore konnten nur für große Häuser, mehr für so Villen in Frage kommen, und so baute unser Freund große Motoren für große Garagentore in große Villen ein. Villen haben von Geburt an die Angewohnheit, allein stehen zu wollen. Oft war in den alleinstehenden Villen untertags auch nur die Haushälterin daheim und wenn die Ausgang hatte, war die Hausherrin allein daheim, weil der Hausherr ja Geld verdienen musste, um die große Villa abzuzahlen. Und so ergab sich dieses und so ergab sich das, bis es sich ergab, dass der Hausherr ohne Anmeldung zu früh nach Hause kam. Aus diesem schicksalsschwangeren Zusammentreffen ergab sich ein Skandal mit Scheidung und unser Freund sprang in selbstloser Rücksichtslosigkeit mit einer dritten Heirat ein.

Da die nun Angetraute am eigenen Leib erfahren hatte, dass sich bei der Montage von Garagentoren dieses und das ergeben konnte, begleitete sie unseren Freund so lange, bis sich dieses und das auch daheim nicht mehr ergab, da die Fadheit des Alltags die Liebe restlos verspeist hatte. Und so ist unserem Freund ohne eigenes Zutun eine Frau mitsamt der Liebe abhanden gekommen und er nahm sich vor, das nächste Mal vor einer Bindung jahrelang zu prüfen.

Und unser Freund prüfte jahrelang. Er prüfte die Augen, die Ohren, das Herz und den Verstand. Als er sicher war, ganz sicher, ging er mit der jahrelang Geprüften zum Standesamt und nachmittags zum großen Hochzeitsschmaus mit Tanz in den größten Festsaal der Stadt. Es wurde gegessen und getrunken, getanzt und gelacht. Der Tag versteckte sich hinter der Nacht und seine Braut wurde verzogen. Als die Nacht vergangen war und der Tag den größten Festsaal der Stadt aus dem Dunkeln lichtete, saß unser Freund allein an einem langen leeren Tisch, wischte sich den Bierschaum vom Mund und die Tränen aus den Augen. Die Braut blieb verzogen, für immer. Unser Freund hatte vergessen, so was wie die Treue zu prüfen.

Zehn Jahre lang beschäftigte sich unser Freund nun mit sich selbst und niemand anderem. Er baute ein großes Haus für eine noch nicht vorhandene Familie, las am Abend ein gutes Buch, trank ein Glas tintigen Rotwein und schlief den besten Schlaf seines Lebens.

Es war entweder Zufall oder schicksalhafte Bestimmung, dass er unvorsichtig seine Autotür gerade in dem Augenblick öffnete, als eine Radfahrerin an seinem Mercedes der Luxusklasse vorbeidüsen wollte. Ein fürchterlicher Schrei! Die Frau krümmte sich in ihrem Blut. Die Polizei kam, der Krankenwagen kam und die Schuldfrage war eindeutig und bedurfte keiner Klärung.

Das schlechte Gewissen lastete zentnerschwer auf seinem Gemüt. Am Blumenladen vor dem Krankenhaus kaufte er einundzwanzig rote Rosen. Sie lächelte blass unter ihrem Kopfverband und verzieh ihm trotz Gehirnerschütterung und Platzwunde. Von nun an besuchte er sie jeden Tag. Aber schon nach fünf Tagen wurde sie entlassen und er wusste nicht mehr, was er mit seinem Leben ohne sie anfangen sollte. War es dieses Mal die ganz große verfluchte Liebe oder doch nur die durch die alternden Knochen kriechende Angst, alt zu werden in diesem großen Haus ohne den Lärm von Kindern, ohne eine Frau, mit der man alt werden konnte mit diesen Falten des Lebens und der beginnenden Vergesslichkeit.

Es war ein nebeliger Abend und der Nebel schlich um das Haus und der Mond blieb hinter den Wolken versteckt und die Nacht legte sich vorsichtig und schwer auf das große Haus, als es zweimal an der Haustüre läutete. Da stand sie dann. Blass, klein, mit einer roten Rose in der Hand und einem fröstelten Körper unter einem viel zu leichten Mantel. Er bat sie in sein großes warmes Haus und sie blieb.

Und sie wäre wohl geblieben, bis Kinder in die Welt hineingelacht hätten und ihre blasse Gesichtsfarbe grau und faltig geworden wäre. Es hat nicht sollen sein. Heimtückisch schlich sich diese hinterfotzige Krankheit in ihren zarten Körper, gemein, klammheimlich und rücksichtslos durchschnitt sie den seidenen Faden eines jungen Lebens.

Das Grab war ein Meer aus weißen Rosen und schweren Tränen.

Die Zeit hatte keine Lust, Wunden zu heilen. Mein Freund wurde darüber glatzköpfig, dickbauchig und unordentlich. Es stapelten sich die Zeitungen und die ungeöffneten Briefe. Die grünen Weinflaschen wurden nicht entsorgt. Die Fenster erblindeten. Mein Freund verharrte bewegungslos. Er leistete sich keinen Urlaub in Amerika und auch nicht am Starnberger See. Er wollte keine Katze und keinen Hund. Kein Buch konnte ihn erheitern, da er sich weigerte, eine Zeile zu lesen. Der Fernseher verstaubte und auch das Radio blieb ausgeschaltet. Mein Freund hatte total abgeschaltet. Manchmal öffnete er mir die Tür. Da beschwiegen wir uns bei einer Flasche tintigem Roten. Was hätte ich ihm sagen sollen? Er war froh, wenn ich wieder ging.

Aber eines Tags kam ich wieder zurück. Im Schlepptau meine Erbtante aus Amerika. Sie wollte noch einmal Europa, Deutschland, ihre Heimatstadt und ihr Elternhaus sehen, bevor, wie sie zu sagen pflegte, ihre Asche über die Weltmeere verstreut würde. Wie das gehen sollte, wusste ich nicht, sie aber auch nicht.

Meine Tante war nach dem Krieg mit einem schokoladigen GI nach Amerika ausgewandert. Der GI wurde nach drei Jahren Teilnahme am Zweiten Weltkrieg bei einem Banküberfall in New York versehentlich erschossen. Danach heiratete meine Tante einen nicht unvermögenden Ölmanager und Alkoholiker. Der Alkoholiker überlebte nicht und der Ölmanager in ihm hinterließ ihr eine stattliche Rente. Zusammen mit einem Cowboy erwarb sie von ihrem Geld eine Pferderanch. Der Cowboy ging mit einer benachbarten Rancherin durch. Die Tante konnte die Heiraterei nicht lassen. Die Scheidung folgte, als sie ihren geliebten vierten Ehemann mit einem anderen Ehemann in ihrem Ehebett entdeckte. Ihr fünfter Ehemann war ein verrückter Chemiker. Er sprengte seine Garage und sich selbst in die Luft. Vom verrückten Chemiker blieben immerhin eine Million Dollar.

Mein Freund betrachtete meine Tante lange durch den halbgeöffneten Türspalt. Er sah, dass sie klein, dicklich und von fürchterlich gesunder Rotwangigkeit war. Er sah blitzende blaue Augen, einen unmöglichen roten ausladenden Hut und ein zu elegantes gelbes Kostüm an diesem dicklichen Körper. Er wunderte sich über ihr schalkiges Lächeln und noch mehr wunderte er sich über ihren Händedruck, der ihn, den ehemaligen Schlosser, fast in die Knie gehen ließ. Da öffnete er die Tür und bat uns herein.

Ich säuberte drei verschmutzte Tassen und kochte Kaffee. Mein Freund entkorkte derweil einen tintigen Roten. Zum Essen war nur ein Büchse Sauerkraut zu finden; Verfallsdatum abgelaufen. Der Kaffee schmeckte fürchterlich. Der Rotwein durchsäuerte meinen Magen. Nach der zweiten Flasche erhoffte ich, dass mein Freund uns bitten würde zu gehen. Er bat nicht. Die roten Wangen meiner Tante wurden sekündlich rotwangiger. Mein Freund polierte mit einem Staublappen seine glänzende Halbglatze. Sein Bauch schaukelte vergnüglich zu der Lebensgeschichte meiner Tante. Ich kannte diese Lebensgeschichte. Ich kannte auch die Lebensgeschichte meines Freundes, die meine Tante begierig in sich aufsaugte und mit eigenartigem Kopfschütteln kommentierte. Als eine dritte Flasche geöffnet wurde, verabschiedete ich mich. Bedeutete meiner Tante unmissverständlich, dass sie mich begleiten sollte. Sie ignorierte mich unmissverständlich, mein Freund ignorierte mich nicht einmal, sie drehten sich nicht um, als die Tür ins Schloss fiel.

Als ich eine Woche später an dem großen Haus meines Freundes vorbei ging, fiel mir auf, dass die Fenster geputzt waren. Mein Freund konnte also wieder hinausschauen, ins Leben.

Ein gutes Neues Jahr

Ich wünsch Ihnen ein gutes Neues Jahr.
Ich wünsch Ihnen ein ganz ein gutes Neues Jahr.
Ich wünsch Ihnen ein ganz bsonders gutes Neues Jahr..
Ich wünsch Ihnen ein unglaublich ganz bsonders gutes Neues Jahr.

So ein unglaublich ganz bsonders gutes Neues Jahr wie ich Ihnen wünsch, können Sie sich überhaupt nicht wünschen.

Und eine Gesundheit wünsch ich Ihnen auch noch, weils schon wurscht is. Ein Haufen Geld sollns auch ham. Und eine große Liebe wünsch ich Ihnen auch noch an den Hals.

Sie wern scho seng, wos von dem Neia Jahr ham.

I jednfalls hätt koa Neis braucht.

Kinderfasching

Irgendwie hat es mir ja schon gestunken, dass ich ein Mädchen aus der Nachbarschaft auf den Kinderfasching mitnehmen sollte. Karin hat sie geheißen. Sie war so alt wie ich, ging mit mir in die gleiche dritte Klasse Volksschule und war einen halben Kopf größer als ich.

Kinderfasching mit der Karin! Und außerdem hatte die sich als Indianermädchen verkleidet und ich ging als Cowboy. An meinen Hüften baumelten zwei Colts, den Cowboyhut trug ich lässig ins Gnack zurückgeschoben, ein rotes Halstuch hatte ich umgebunden und die Colts zog ich schneller als mein Schatten.

Kinderfasching mit der Karin. Meine Hände rochen nach Pulverdampf und mir drohte ein Tänzchen mit der Karin. Dieses Maschgaragehen war ganz und gar nicht nach meinem Geschmack. Ich hätte mich lieber mit dem Rigobert duelliert, auf der Hauptstraße, am besten vor dem Kriegerdenkmal.

Die Mutter der Karin fuhr uns mit dem Auto zur Turnhalle. Die Turnhalle hing voller bunter Papierschlangen und gelber und roter Lampions. Auf einer erhöhten Bühne quälte sich eine Schülerband mit fremden Noten herum. Die Mutter von der Karin schob mich zusammen mit der Karin in die kindervolle Turnhalle, sagte viel Spaß und bis dann in zwei Stunden.

Da stand ich dann da, ich, der Cowboy, und sie, das Indianermädchen. Ein Indianermädchen, das fast einen halben Kopf größer war als ich. Und die Karin hielt sich mit ihrer linken heißen Hand an meiner rechten Hand fest und hatte auch keine Ahnung vom Tanzen. Und so standen wir ziemlich fad herum, wussten nicht so recht, was wir mit uns anfangen sollten und schauten aneinander vorbei, dass wir uns nicht anschauen mussten.

Irgendwann kam die Rettung, eine Polonaise. Karin legte ihre kleinen heißen Hände auf meine Schultern und ich legte meine pulverdampfigen Coltfinger auf einen vom vielen Rumhupfen nass geschwitzten fleischvollen Mädchenrücken. Und so tollten wir planlos durch die Turnhalle, bis wir alle nass geschwitzt waren und uns nach einer gelben Limo sehnten.

Mit dem fleischvollen Mädchenrücken habe ich auch später nicht getanzt. Mit der Karin aber schon, weil der Rigobert plötzlich mit ihr hat tanzen wollen, und das hat mir dann doch gestunken, irgendwie, wo ich doch mit der Karin gekommen war und er nur mit dem nass geschwitzten fleischvollen Mädchenrücken.

Beim Tanzen bin ich der Karin dann einige Mal sehr erfolgreich auf die Zehen gestiegen. Sie hat aber nix gsagt und da hab ich auch nix gsagt und so getan, als wäre das alles ganz normal.

Vor der Turnhalle habe ich mich später dann mit dem Rigobert, der auch als Cowboy Maschgara gegangen ist, noch duelliert.

Zwölf Schritte sind wir auseinandergegangen. Dann haben meine beiden Colts gekracht. Der Colt vom Rigobert hat auch gekracht. Aber die Karin hat mir auf dem Heimweg im Auto zugeflüstert, dass ich schneller gezogen hätte als der Rigobert. Eigentlich logisch, wo ich doch schneller ziehen konnte als mein Schatten.

Unsinniger Donnerstag

In meiner frühen Jugendzeit war der unsinnige Donnerstag in dieser oberpfälzischen Kleinstadt weltberühmt.

Nach so einem unsinnigen Donnerstag sprachen wir tagelang über unsere Erlebnisse an diesem unsinnigen Donnerstag. Eigentlich sprachen wir monatelang darüber, wahrscheinlich sogar das ganze Jahr und wenn dann wieder so ein unsinniger Donnerstag gewesen war, erzählten wir hinter vorgehaltener Hand über diesen unsinnigen Donnerstag, den unsinnigen Donnerstag davor und irgendwann auch noch über den unsinnigen Donnerstag vor zwei oder gar drei Jahren. Und die Erlebnisse wurden immer wilder, immer unglaublicher und die Wahrheit grübelte darüber zweifelnd.

Aber wir wussten schon damals, dass die Wahrheit unserer Erlebnisse im Verborgenen bleiben würde, für immer.

Wir freuten uns auf den unsinnigen Donnerstag in dieser oberpfälzischen Kleinstadt immer abgrundtief. Die Wirtshäuser entlang der Hauptstraße waren an diesem Tag mit blauen und gelben Girlanden, grünen Luftschlangen und roten Lampions freundlich einladend geschmückt. Aus jedem Wirtshaus tremmelten die Schlager der Zeit aus Musikautomaten; in den größeren Sälen kreischten E-Gitarren, sogar die Türen der Privathäuser standen sperrangelweit offen und freuten sich auf jeden Maschgara.

An diesem Tag getraute sich keiner in seinem Alltagsgewand auf die Straße. Durfte sich nicht auf die Straße trauen. Fürchterliche

Prügel wären ihm gewiss gewesen. An diesem Tag, an diesem unsinnigen Donnerstag, waren die Bewohner der kleinen Stadt verkleidet, verkleidet als Rauchfangkehrer, Ölscheichs, Cowboys, Indianer, Chinesen, furchterregende Henker und verführerische Haremsdamen.

Fremde wurden durch die Stadttore nur eingelassen, wenn sie wie die Einheimischen vollständig verkleidet waren und vor allem ausnahmslos Masken über ihre Gesichter gezogen hatten.

Man sah an diesem Abend kein Gesicht. Man sah nur grinsende, lachende, faltige, runde, feixende, fürchterliche und liebliche Masken. In der Hauptstraße tummelte sich ein Meer von Masken. Und dahinter versteckten sich Rauchfangkehrer, Ölscheichs, Cowboys, Indianer, Chinesen, Henker und Haremsdamen.

Natürlich hoffte ein jeder aus unserer Clique auf eine verführerische Haremsdame, so eine vollbusige, kusswilde, anschmiegsame, die im Ernstfall auch verschwinden würde mit einem in einen warmen Stall, wo die Rindviecher nichts sehen und erst recht nichts verstehen würden. Weiberfasching! Ein Wahnsinn!

Über die Hauptstraße tobte eine Polonaise. Ich mittendrin. Ein Entrinnen war aussichtslos. Die Schraubstockhände einer Haremsdame, die vollbusig aber auch sonst sehr umfangreich daherkam, hatten mich an den Schultern gepackt und schoben mich von Wirtshaus zu Wirtshaus, von Weißbier zu Weißbier. Als ich heimlich furchtsam umblickte, schaute ich in funkelnde wilde Augen hinter einer lüsternen Maske, durch die Mundöffnung drängelte sich eine dicke rote Zunge und benetzte feucht die Lippen. Herrgott hilf! Ich mag in keinen warmen Stall! Nicht an Weiberfasching!

Endlich stolperte ein beschwipster Chinese, knallte mit seinem Chinesengesicht auf das Kopfsteinpflaster der Hauptstraße, die Polonaise stolperte auch, fiel, kreischte und schrie, ich stolperte, fiel nicht, Schraubstockhände lockerten sich, ich stolperte weiter, eine liebliche junge Maske fing mich auf. Gleich gab ich ein Glaserl Sekt im nächsten Wirtshaus aus. Die liebliche junge Maske lächelte und lächelte.

Ich wollte mit der lieblichen Maske einen Walzer tanzen, aber sie tanzte mit mir, tanzte mit mir wieder hinaus auf die Hauptstraße, tanzte mit mir die Hauptstraße hinauf und hinter. Maskenwirbel umtanzten uns. Wir tanzten lange!

Irgendwann, die letzten Schneeflocken wollten gerade heimwärts torkeln, haben sich unsere Masken geküsst. Die liebliche junge Maske küsste mich die Hauptstraße hinauf und wieder hinunter. Nie im Traum hätte ich in diesem Glücksmoment daran gedacht, dass die Maske für immer ohne Gesicht bleiben würde. Die Maske verschwand, blitzschnell, im Maskengewurl eines Wirtshauses. Ein behandschuhter Arm hatte noch kurz gewunken.

Ich stand fassungslos, minutenlang. Dann spürte ich Schraubstockhände auf meinen Schultern. Die letzten Schneeflocken torkelten heimwärts ohne mich.

Schlafanzug-Party

Wir hatten alle drei eine Einladung erhalten. Da Schuhmann Dieter, da Scheske Jürgen und ich. Jetzt standen wir im Pausenhof und lasen die Einladung: Schlafanzug-Party am 6. Februar um 15 Uhr.

Schlafanzug-Party. Wieso im Schlafanzug, fragte der Jürgen. Wieso net, meinte der Dieter. Ich war meinungslos fassungslos! Was würde wohl meine Mutter dazu sagen, wenn ich am 6. Februar, mitten am Tag, mit meinem Schlafanzug aus dem Haus gehen würde. Das musste heimlich sein, logisch.

Wir sollten Getränke und was zum Knabbern mitnehmen. Limo und Salzstangen, entschied der Dieter. Cola, maulte der Jürgen. Wir einigten uns auf Limo, Cola, Apfelsaft und Salzstangen.

Der Scheske Jürgen wollte vorsichtshalber noch eine paar Schallplatten mitnehmen. Manuela und so! Es war in der kleinen Espresso-Bar und schuld war nur der Bossa Nova.

Im Schlafanzug durch die Marktstraße zu gehen, getraute ich mich nicht. Dem Jürgen war das auch unheimlich und der Dieter fand die ganze Schlafanzuggeschichte eh … na ja, ich glaub, er fands scheiße.

Ich steckte den Schlafanzug, den Apfelsaft und die Salzstangen in meine Sporttasche. Meine Wangen glühten, als ich bei Streicherts läutete. Die Julia öffnete.

Sie trug ein langes weißes Nachthemd und keine Hausschuhe. Sie lächelte barfüßig. Sagte Hallo und Servus, gab mir die Hand. Ich sagte auch Hallo und Servus. Fragte, wo ich mich umziehen darf.

Sie hüpfte vor mir auf nackten Sohlen die Treppen zum Partykeller hinunter. Der Partykeller war in schummriges Licht getaucht, ein blauer Spot kreiselte an der Decke. In einem dunklen Eck zog ich mich um. Das Unterhemd und die weiß gerippte Unterhose behielt ich unter dem Schlafanzug am Leib.

Wer kommt noch? fragte ich. Na, der Jürgen und der Dieter und die Eva und die Brigitte.

Die Eva war so eine Sommersprossige aus der Parallelklasse. Die Brigitte mehr so eine Kräftige. Aber furchtbar gscheit. Und hinter der Julia stieg die halbe Schule her. Aber es hat sich keiner so recht getraut, weil sie so schön lachen konnte, und die Pferdeschwanzhaare wirbelte sie immer ganz wild; außerdem konnte sie über einhundert Meter schneller laufen als jeder Bub. Und dass ihr Vater Schulrat war, machte die ganze Angelegenheit völlig aussichtslos.

Nach ein paar Minuten klingelte der Jürgen. Sein Schlafanzug steckte in einem Rucksack. Der Jürgen war aus Berlin zugewandert. Keiner wusste warum. Plötzlich stand er im Pausenhof und rauchte dort heimlich Overstolz.

Der Dieter hatte keinen Schlafanzug dabei. Die Julia holte wortlos einen Schlafanzug vom Schulrat. Der Schulrat hatte eine kräftige Statur. Der Dieter, wir nannten ihn Schmalfilmtarzan, schämte sich ein bisserl in dem weiten Schlafanzug. Die Sommersprossen der Eva hüpften vergnügt im Gesicht, als der Schmalfilmtarzan verlegen den Partykeller betrat. Die Brigitte forderte den Jürgen zum Tanzen auf. Der wollte aber erst seine Overstolz fertig rauchen. Da tanzte ich mit der Brigitte.

Die Manuela sang: Für mich sah die Welt so verzaubert aus, so steht es in meinem Kalender.

Die Brigitte hatte mich voll im Griff. Der Dieter im zu großen Schlafanzug schlurfte mit der Eva über das Parkett. Der Jürgen rauchte schon wieder. Die Julia schüttete Salzstangen in eine gläserne Schüssel.

Wir tanzten unsere eigenen Tänze. Ich drehte mich mit der Eva und mit der Brigitte und dann mit der Julia, der Brigitte und der Eva. Am liebsten hielt ich mich an der Julia fest. Tanzpause.

Wir richteten die Lehrer aus. Der Lateinlehrer hieß Mungo, der Schlangentöter. Der Englischlehrer spielte mit der Zeichenlehrerin Tennis. Wir vermuteten das Schlimmste. Der Biologie-Lehrer hatte seine Doktorarbeit über das Gänseblümchen geschrieben. Den konnte man nicht ernst nehmen. Dem Physiklehrer fehlte an der rechten Hand der kleine Finger. Man munkelte, dass er ihm bei einem Experiment abhanden gekommen ist. Über den Schulrat getraute sich keiner was zu sagen, was gut so war, da er plötzlich in der Tür stand.

Ich hätte über ihn gesagt, dass er freundlich schauen, aber recht unfreundlich schreien konnte. Dass es mich wundert, dass er so eine nette Tochter hat. Dass seine Frau viel Geduld mit ihm haben muss, weil er immer so ungeduldig ist.

Der Herr Schulrat trug ein Tablett mit Wurstsemmeln. Riesigen Wurstsemmeln. Hinter dem Herrn Schulrat erschien seine Frau.

und bewarf uns mit Papierschlangen. Der Herr Schulrat wünschte uns noch viel Vergnügen bei unserm Faschingsfest, die Frau Schulrat küsste ihre Tochter Julia auf die Wange und die Julia packte mich an der Hand.

An der Julia konnte man sich gut fest halten. Ich spürte, dass ihr Körper schneller laufen konnte als meiner. Ich spürte auch einen ersten gehauchten Kuss. Bald wusste ich, wie ein Zungenkuss geht. Ich roch den frischen Schweiß unter ihren Achseln. Sie schüttelte mir lachend ihren Pferdeschwanz ins Gesicht.

Wo waren eigentlich der Dieter, der Jürgen, die Eva und die Brigitte? Ich sah sie erst wieder am nächsten Schultag.

Mich ärgert, sagte mein Freund Bibi vierzig Jahre später einmal zu mir, wir saßen gerade an einem Baggersee und angelten auf Karpfen, zwei ältere Herrn in der wärmenden Abendsonne, mich ärgert, dass es mit der Liebe nicht auf ewig so bleibt wie im ersten Augenblick.

Berlin

Berlin ist:

Brandenburger Tor,
Reichstag,
Siegessäule,
Kurfürstendamm,
Spree,
Havel,
Potsdamer Platz,
Museumsinsel,
Bundeskanzleramt und
Hauptstadt.

Aber am meisten Berlin ist die Currywurst.

Die Frage ist nur, ob Konopkes Currywurst an der Eberswalder Straße oder die Currywurst „36" am Mehringdamm die beste Berliner Currywurst ist.

Ich hab mich nicht entscheiden können.

Ich bin eine Woche lang zwischen Eberswalder Straße und Mehringdamm gependelt.

Die Ostler von Konopkes Currywurststand hielten mich für verrückt und die Westler von Currywurststand „36" auch.

Der Ostler verspeist nämlich Konopkes Currywurst und der Westler die Currywurst „36".

Bisher wurde kein Westler an Konopkes Currywurststand gesich-
tet und ein Ostler am Currywurststand „36" erst recht nicht.

Also, ganz ehrlich, die Currywurst im Stachus-Untergeschoß
schmeckt am besten.

Da werns schaun, die Berliner, wenns mich amal bsuchen, und
wenn ich dann mit ihnen auch noch nach Nürnberg fahr, zu diesen Nürnberger Bratwürsten, sinds endgültig fertig.

Wahrscheinlich pendlns dann zwischen Nürnberg und dem Sta-
chus.

Grantig

Es war wieder einer dieser Tage, an denen er sich selbst nicht leiden konnte. Alles war unausstehlich. Am Unausstehlichsten waren alle, die an diesen Tagen seinen Weg kreuzten. Frau, Kinder, Nachbarn und unschuldige Fremde.

Es hatte ein wunderbares Abendessen gegeben, das nur gelobt werden konnte. Er wollte, nein, er konnte an diesem Tag nicht loben. Er war fiebrig auf der Suche nach einer Möglichkeit zum Tadel. Jawohl, tadeln wollte er!

Aber, das Abendessen hatte wirklich ganz vorzüglich geschmeckt. Die Suppe nicht zu heiß, der Fisch köstlich und die Nachspeise fruchtig süß.

Die Frau setzte sich entspannt lächelnd auf die Couch, die Tochter setzte sich brav zu ihr und das Geschirr blieb unaufgeräumt auf dem Esstisch zurück.

„Meine Mutter", sagte ich, „hat das Geschirr nach dem Essen immer sofort abgeräumt, gespült, abgetrocknet und wieder eingeräumt."

„Ja, ja, die Oma war eine tolle Frau", bemerkte meine Tochter daraufhin spitz.

„Eben", hörte ich mich grummeln. Ich überlegte gerade heftig, was ich noch tadeln könnte, als meine Frau meinte: „Hättst deine Mutter heiraten sollen!"

„Die hat jedenfalls nicht am letzten Tag vor dem Urlaub angefangen, die Wohnung zu putzen. Wofür wird das Klo geputzt, wenn wir eh nicht da sind? Die hat auch nicht während der Sportschau Staub gesaugt. Und ein Bier hat sie meinem Vater aus dem Keller geholt, kaum dass das letzte Flascherl ausgetrunken war. Und die Schuhe hat sie geputzt und keinen Krimi anschauen wollen, wenn mein Vater seine Volksmusiksendung sehen wollte. Und gebohrt hats und tapeziert hats! Und das Geschirr ist nach dem Essen nicht stundenlang auf dem Esstisch gstanden. Und halbtags gearbeitet hats auch noch. Und sie war immer gut gelaunt."

„So wie du", stichelte meine Frau.

„Wenn so ein Saustall ist."

„Deine Mutter kannst nicht mehr heiraten", stichelte meine Frau weiter, „aber wie wärs, wennsd dich selber heiraten tätst. Mich würd ja wirklich interessieren, wie du mit dir auskommen tätst."

Parasolpilz oder Lepiota procera

Wenn man von Herrsching aus zum heiligen Berg nach Andechs wandern will, entweder um sich zu betrinken oder um zu beten, empfiehlt es sich, den Weg durch das Kienbachtal zu nehmen.

Der Weg ist im Sommer angenehm schattig, nicht zu steil aufsteigend und kann auch gut derradelt werden.

Wer nicht durch das Kienbachtal marschieren oder radeln will, der sollte den Weg über die Leitenhöhe nehmen. Die Route über die Leitenhöhe ist nur in Herrsching kurzfristig steil ansteigend, wird dann aber immer angenehmer und wenn man von weitem die Klosterkirche von Andechs erblickt, läuft einem eh das Wasser im Mund zusammen vor lauter Sehnsucht nach einer Schweinshaxen und einem kühlen Bier. Den letzten Anstieg zum Berg spürt man dann vor lauter Sehnsucht nicht mehr.

An dem Tag, von dem ich erzählen möchte, bin ich nicht nach Andechs gewandert. Wir hatten Besuch an diesem Tag und auch noch an einigen Tagen danach. Der Besuch war aus der damaligen Hauptstadt Bonn angereist, mit zwei hübschen Töchtern, einer noch hübscheren Mutter und einem alten Freund aus Studientagen.

Ich hatte zur damaligen Zeit eine richtig schöne Holzhütte gemietet und wir verbrachten fast jedes Wochenende auf unserer Hütte an der Leitenhöhe. Die Hütte befand sich auf einem zweitausend Quadratmeter großen Waldgrundstück mit mächtigen beschützenden Buchen, einigen wenigen Fichten und vielen Walderdbeeren.

In der Früh hoppelten Hasen über die saftige Waldwiese und am Abend, ehe die Sonne sich hinter dem Ammersee versteckte, ästen Rehe am Waldesrand, als hätten sie noch nie etwas von einem Jäger gehört.

Der Besuch, unsere Kinder, meine Frau und ich hatten tagsüber in der Herrschinger Buch im Ammersee gebadet und freuten uns jetzt auf ein schönes Abendessen mit gebratenen Renken. Daraus wurde aber nichts, weil der Fischer Stummbaum seinen Fischladen schon abgeschlossen hatte und auch auf heftiges Klingeln nicht reagierte. Na ja, irgendwann braucht halt auch ein Ammerseefischer seine Ruh und genügend Zeit, sich über den Kormoran zu ärgern.

Ich machte dann den für niemanden interessanten Vorschlag, in die Schwammerl zu gehen und ging deshalb leicht beleidigt alleine auf dem Weg in Richtung Andechs.

Unterwegs musste ich an meine Großmutter in Niederbayern denken, die eine große Schwammerlgeherin gewesen war und ihr ganzes Leben weder sich noch irgendwelche Nachbarn mit Giftlingen aus dem Weg geräumt hatte. Von der Oma wusste ich, wie Steinpilze aussehen, Maronen, Pfifferlinge, Birkenpilze, Rotkappen und Butteröhrlinge. Wiesenchampignons durfte ich wegen der Verwechslungsgefahr mit den verschiedenen Knollenblätterpilzen nicht sammeln; den Riesenschirmling, auch Parasol genannt, aber schon, denn den konnte nur ein Damischer mit einem Fliegenpilz verwechseln.

Der Parasol wächst gerne gesellig an Waldrändern und an diesem Tag Ende Juli war ihm wohl besonders gesellig zumute, weil ich innerhalb kürzester Zeit meinen Schwammerlkorb bis zum Rand mit Parasol füllen konnte. Super! Und so ein ganzer Parasolhut paniert gebraten, ist ein besonderer Genuss! Da kam Vorfreude auf.

Bei meinem Besuch kam keine so rechte Freude auf. Die Hütte duftete herrlich nach gebratenen Schwammerln, aber man sehnte sich nach gebratenen Renken. Ich weiß, man soll seinen Besuch wie Vater und Mutter ehren. Aber in so einer Situation tut man sich damit schon schwer.

Jedenfalls wurde gegessen, es schmeckte wunderbar und als der letzte Teller geleert war, ritt mich bei der Frage, ob ich ein guter Schwammerlkenner wäre, der Teufel. Ich meinte, dass ich kein so besonders guter Schwammerlkenner wäre, und meine Großmutter, die mir das Schwammerlgehen nahe gebracht hatte, samt einer fünfköpfigen Nachbarsfamilie an einer Schwammerlvergiftung gestorben wäre.

Das hätte ich nicht sagen sollen! Die hübschen Töchter erbleichten, die noch hübschere Mutter erbleichte ebenfalls und das Gesicht meines alten Studienfreundes verfärbte sich augenblicklich ins Grünliche hinein.

Ehe ich beschwichtigend erklären konnte, dass ja alles nur ein Scherz gewesen sei, stürzte mein Besuch ins Freie und übergab sich unter heftigem Gewürge. Die Rehe flüchteten, die Hasen hoppelten davon und der Buntspecht stoppte kurzfristig sein Gehämmere auf die grün angestrichene Dachrinne.

Mit leeren Blicken und entleerten Mägen sank mein Besuch nach dieser fürchterlichen Würgerei ins Gras. Ich entschuldigte mich tausendmal, erklärte, dass ein Notarzt wirklich nicht nötig sei, und versprach, am nächsten Tag Renken zu braten.

Wenn wir keinen Besuch gehabt hätten, würde mich meine Frau selbst vor den Kindern wahrscheinlich als Volltrottel beschimpft haben.

Vielleicht denken Sie ja an mich, wenn Sie über die Leitenhöhe nach Andechs wandern und am Waldesrand gesellig einige Parasol beinander stehen.

Ach, ein kleiner Nachsatz sei mir noch erlaubt. Einige Jahre später, der Vorfall mit dem Parasol schien mir längst vergessen, hatten mein damaliger Besuch und meine Familie sich auf einer Berghütte unterhalb vom Risserkogel einquartiert. Und Sie werden es vielleicht nicht glauben, aber es ist wahr: Rund um die Hütte wuchsen zwar keine Massen von Parasol, dafür aber Massen von Fichten-Blutreizkern aus dem Boden. Der Blutreizker kann nicht verwechselt werden, mit nichts. Man erkennt ihn sofort an seinem mohrrübenroten Milchsaft. Und der Blutreizker schmeckt mit Knoblauch in Butter gebraten ganz wunderbar.

Leider musste ich an diesem Abend die Blutreizker alleine essen. Aber, als ich die vorzügliche Mahlzeit am nächsten Morgen gesund und munter überlebt hatte, schwärmten alle aus, auf der Suche nach den Fichten-Blutreizkern. Ich hab am Abend die Beute nicht mit verzehrt! Man weiß ja nie!

Plötzlich war ich sechzig

Natürlich hatte ich es kommen sehen, natürlich war ich innerlich darauf vorbereitet gewesen, aber überrascht war ich dann doch, wie es plötzlich so weit war. Selbstverständlich freute ich mich über die Anwesenheit meiner Frau, meiner Kinder und dass meine zwei besten Freunde mit ihren Frauen gekommen waren, beglückte mich. Trotzdem: Ich war irgendwie völlig unerwartet plötzlich sechzig geworden. Sechzig! Eine Zahl, die ich noch vor wenigen Jahren steinalten, tatterig hinfälligen Greisen zugeordnet hatte. Greisen, welche ihre Gliedschwäche mit selbstverständlicher Gelöstheit betrachteten. Greise, die ohne Hang nach Leben nur noch am seidenen Faden des Lebens hingen. Greise, die weibliche Begierde an ihren welken Körpern nur noch aus Büchern erlebten. Mir fiel Hildegard Knef ein: Das kann doch nicht alles gewesen sein, dieses bisschen Liebe und Sonnenschein.

Der Tag, an dem ich sechzig geworden war, stand als Datum schon im über sechstausendjährigen Kalender der alten Ägypter: 20. November 2007.

Soweit ich mich erinnere, ein Tag wie jeder andere. Kein Tag zum Helden zeugen, kein Tag mit schlechten Nachrichten, kein Tag mit besonderen Schnee- oder Regenschauern, wie sonst oft im November. Sollte mein sechzigster Geburtstag an diesem 20. November 2007 etwa das einzig herausragende Ereignis in diesem Jahr 2007 sein? Es war zu befürchten!

Meine Kinder hatten eine Laudatio auf mich vorbereitet. Meine Kinder waren schon immer mein Stolz gewesen, da meine Frau sie so gut erzogen hat. Ich war auf die Laudatio gespannt, meine Frau wohl noch gespannter. Meine Freunde mit ihren Frauen saßen in freudiger Erwartung entspannt auf dem Sofa. Der Sohn und die Tochter wechselten sich im Vortrag ab. Lassen sie mich aus purer Eitelkeit einige Passagen der Lobrede auf mich zitieren:

„Lieber Papa, heute ist angeblich Dein 60. Geburtstag. Für uns ist es kaum vorstellbar, dass Du bereits vor unserer Geburt gelebt hast. Es ist doch eigentlich nur denkbar, dass Du gleichzeitig mit uns, aber als Erwachsener die Erde betreten hast. Andernfalls hätte es ja eine Zeit gegeben, in der Du noch nicht unser Vater warst.

Unser Papa kann:
– Fische fangen und braten wie ein Indianer
– Schwammerl finden und Holz hacken wie ein Trapper
– Unheimlich viel Bier trinken und dazu rauchen wie ein Schlot
– Schnarchen wie ein Sägewerk

Er kann:
– im Sitzen den Hinterbrühler See hochradeln
– als Kritik getarntes Lob aussprechen
– kann kickern und flippern; spielt Tischtennis und Fußball; radelt, schwimmt und joggt; im Winter ist er Langläufer.

Er ist:
– Mundartdichter
– Beamter, aber irgendwie auch nicht
– Weltbayer

Er war schon in Indien und Brasilien.
Er kennt lauter nette Leute und ein paar Arschlöcher.
Er liebt Bücher – die von anderen und seine eigenen. Geld verdient er, um es weiter- oder in Gesellschaft auszugeben. Kurzum,

wir sprechen von einem Mann mit Potential. Über seine Macken wollen wir lieber nichts sagen, da wir die meisten inzwischen selbst übernommen haben.

In unserer Kindheit hast Du darauf geachtet, dass wir mit den richtigen Spielsachen spielen: Du hast gegen den Wunsch Deiner Frau der Tochter die langersehnte Barbie-Puppe gekauft. Du hast Dich vehement dagegen ausgesprochen, dass Dein Sohn einen Puppenwagen bekommt; er hat ihn dennoch bekommen, aber als Dein rücksichtsvoller Sohn damit Rasenmäher gespielt.

Du hast mit uns im Auto pädagogisch wertvolles Liedgut gesungen: Von der Eule mit der Beule am Arsch, dem Elefanten, dem großen Tier, das einen Zentner Arschpapier braucht, und dem alten Haus von Rocky Docky, das vieles schon erlebt hat.

Aus diesen und vielen anderen Gründen schenken wir Dir zum Geburtstag eine Familienexpedition ins bayerische Grenzland; dorthin, wo „da Bähmische uma pfeift."

Der Kostenfaktor hat dabei keine Rolle gespielt; dies liegt daran, dass wir Reisekosten sowieso nicht decken können.

Eine Reise mit Rundumverpflegung wird voraussichtlich erst zu Deinem 70. – vielleicht auch erst zu Deinem 80. – Geburtstag drin sein; recht viel länger dürfen wir damit auch nicht warten, denn zu Deinem 90. Geburtstag kommen wir ins rentenfähige Alter; bei den derzeitigen Rentenentwicklungen müssen wir davon ausgehen, dass es dann wieder nur für das Bayernticket reicht.

Lieber Papa, bleib wie Du bist.
Wer einen Vater wie Dich hat, dem kann im Leben nichts passieren."

Und so hatte ich also zu meinem sechzigsten Geburtstag von meinen Kindern eine Reise in die Vergangenheit geschenkt bekommen, eine Reise zu den Stätten meiner Kindheit, meines Jungseins und meines langsam Älterwerdens. Dass es für mich nicht zu einer Reise in die Zukunft gereicht hatte, hätte mich stutzig machen sollen. Aber die Augenblicke der Freude überwölben bekanntlich jede Unebenheit des Lebens und so zogen vor meinen staunenden Augen Orte wie Wolfersdorf, Blaibach, Eslarn, Waidhaus, Weiden und Neumarkt in der Oberpfalz vorbei, als hätten sie sich im letzten Jahrhundert nicht geändert, als wäre keine Kirche renoviert worden, kein Wirtshaus abgerissen und kein Gewerbegebiet hinzugekommen. Liebste Träume, aus der Kindheit gerettet! Ich war gespannt, was aus dem sauren Weichselbaum und dem süßen Birnbaum geworden ist, aus den Johannisbeersträuchern, unter denen sanfte Lippen mich fast hatten ohnmächtig werden lassen, und aus dem buntgefiederten Gockel, dem die Hennen in regenwurmtiefer Zuneigung entgegengegackert waren. War er schon tot? Viele würden wohl tot sein, die vor vielen Jahren vor Lebendigkeit noch angsteinflößend gestrotzt hatten.

Der Sohn und die Tochter hatten mir die Reise in die Vergangenheit in Form einer Landkarte mit eingezeichneten Radlwegen, einer Übersicht über die geplanten Streckenabschnitte und diverser Übernachtungsmöglichkeiten uneigennützig geschenkt. Von einer Kostenübernahme für die An- und Abreise, Speis und Trank sowie die Gebühren für die Beherbergung war – wie bereits erwähnt – nichts vermerkt worden. Vom Bayernticket war irgendwann auch keine Rede mehr. Allerdings auch der Hinweis nicht vergessen, dass sie mir selbstverständlich ihre Zeit für diese an sieben Tagen der Woche geplanten Reise schenken würden und sie selbstverständlich davon ausgingen, dass auch meine Frau mit eingeladen sei. Selbstverständlich, keine Frage! Ich stellte auch keine Fragen, da eh alles klar war. Meine Kinder waren schon immer irgendwie ziemlich pfiffig gewesen, was eng mit meiner Frau zusammenhängen musste, und ich hatte das auch schon immer vermutet, irgendwie. Egal, meine Vorfreude auf die Fahrfreude war unersättlich. Und endlich, an einem Tag im Juli kam der Tag an dem es losging und unverschämter Regen vom Himmel prasselte. Ich musste auf ein zusätzliches Paar Socken und eine Stretchunterhose verzichten, da meine überquellenden Satteltaschen keinen Windhauch mehr aufnehmen konnten. Mein Trekkingrad quälte sich tonnenschwer zum Münchner Hauptbahnhof. Regen rann an meinem Rückgrat entlang und staute sich endgültig in meinen Turnschuhen. So eine Gaudi!

1. Tag: München – Bogen – Wolfersdorf – Blaibach

Wir fuhren also mit dem Regionalexpress von München nach Bogen. In Neufahrn in Niederbayern mussten wir umsteigen. Selbstverständlich hatte der Regionalexpress Verspätung und wir befürchteten, den Anschlusszug zu verpassen. Der Anschlusszug wartete aber stoisch auf uns und wir wuchteten stöhnend unsere radeltaschenschweren Trekkingräder ins Fahrradabteil, welches bei vier Radeln sofort rettungslos überfüllt war. Die Schaffnerin wollte, dass unsere Radeln paarweise an die Außenwände des Zuges gelehnt im Abteil standen. Mein Hinweis, dass der Durchgang dadurch nicht größer würde, als wenn drei Radeln nebeneinander und eines gegenüber stünde, überzeugte sie nicht. Dass eine Niederbayerin so typisch deutsch denken konnte, überraschte mich.

Der Regen hatte jedenfalls endlich aufgehört, als wir uns in Bogen auf unsere Radeln schwangen, meinem Geburtsdorf Wolfersdorf entgegen.

Wenn mich meine Eltern nicht belogen haben und meine Eltern logen nie, bin ich mit vier Jahren von Wolfersdorf weggezogen. Ich erinnere mich, dass ich vorne im Führerhaus des Möbelwagens sitzen durfte und es draußen duster und nebelig war. An mehr Umzugstag erinnere ich mich nicht.

Wolfersdorf muss man sich von Altransberg aus erstrampeln. In Altransberg knirscht ein Schotterwerk, in dem sich mein Urgroßvater krumm geschuftet haben muss. Nähere Einzelheiten wurden mir nicht überliefert, außer, dass mein Großvater ein sehr freundlicher Mensch mit gigantischem Schnurrbart gewesen sein muss. Wir schnauften den Berg von Altransberg in Richtung Wolfersdorf und ich war nicht unglücklich, als ein kleiner Regenschauer niederging, der meinen vor Anstrengung dampfenden Körper kühlte.

Und dann: Wolfersdorf. Wirklich ein Dorf mit ein paar Häusern im Dorfkern, einem Bauernhof, einer Kapelle, einem ehemaligen Wirtshaus und keinem Kramerladen mehr. Die Getränkequelle, an der es diese wunderbaren blauen, grünen und roten Kracherl gegeben hatte, war spurlos entschwunden. In fiebriger Aufregung radelte ich meinem Geburtshaus entgegen. Welch eine abgrundtiefe Enttäuschung! Mein Geburtshaus stand nicht mehr! Und dort, wo der immer früchtevolle Birnbaum mit den süßesten aller Birnen gestanden hatte, stand die rechte Hälfte einer riesenhaften Villa; die linke Hälfte thronte auf den unsichtbaren Ruinen meines abgerissenen Geburtshauses. Ich wendete mich mit Schrecken.

Als wir in Richtung Oberndorf radelten, erzählte ich meinen Kindern, dass ich den Hühnern immer ihr Essen wegschnabuliert hatte, da mir der Zwirl, wie dieser Stampf aus Kartoffeln, Kleie und was weiß ich geheißen hatte, gar vorzüglich schmeckte. Außerdem musste ich wiederholt zum Besten geben, dass ich einen Verehrer meiner Mutter bei einem nachmittäglichen Tanzvergnügen in echter Eifersucht und als Stellvertreter meines Vaters nach dem dritten Tanz mit einem vollen Bierglas beworfen hatte. Von Mutter setzte es eine Watschn, aber der Verehrer war biertriefend geflohen. Für mich ein absoluter Kantersieg!

An was erinnerte ich mich noch? Klar, dem Onkel Hans hatte ich mit dem Stopselgewehr an einem lustigen Weihnachtsabend ein traumhaftes blaues Auge geschossen. So ein schönes blaues Auge habe ich erst wieder nach einem Wiesnbesuch in München bei mir selber gesehen.

Als wir zum Ende der Tagestour am dunklen Regen entlang nach Blaibach radelten, erfüllte mich Wehmut. Ich würde dort den Onkel Wigbert nicht mehr treffen, der mir immer die Welt so schön erklärt hatte, der Uhren reparieren und orthopädische Schuhe machen konnte, und wenn seine Straßenteermaschine nur mehr rasselnd keuchte und stöhnte, reparierte er zum Staunen der verschwitzten rauchschwarzen Arbeiter auch die. Der Onkel Wigbert war ein Genie. Wir haben ihn auf dem Friedhof besucht, wo er zusammen mit seinem Sohn und der Oma seinen Frieden hat. Vor dem Friedhof sind Totenbretter versammelt. Auf einem steht geschrieben: Ich war ein Jäger und ein Schütz, stand fest wie eine Eiche. Der Tod schoss besser noch als ich, jetzt bin ich ein Leiche. Mir gefällt ganz gut, wahrscheinlich weil mein bester Freund ein Arzt ist: Hier ruht Dr. Horn, die er kuriert, liegen weiter vorn. Also, einen Humor hams schon, die ehemaligen Niederbayern, die durch Gebietsreform Oberpfälzer geworden sind.

Bei der Tante Annerl gab es dann Bratensülze und ein kühles Bier. Und die mir bis dahin völlig unbekannte Geschichte, dass meine Großmutter ihre ersten zwei Kinder, meinen Vater Josef und seine Schwester Erna, unehelich geboren hatte. So was! „War meine Großmuttter a Wuide?", fragte ich Tante Annerl. Tante Annerl lächelte, weil sie wusste, dass auch ich eine Frühgeburt gewesen war und die Kirchenglocken aus diesem Grund nicht geläutet hatten.

Wir übernachteten in der Blaibacher Schlosswirtschaft sehr nobel und meine vielen Erinnerungen machten meinen Kopf schwer. Und da meine Gräten von der Radltour auch ermattet waren, schnarchte ich nach der Behauptung meiner Frau auch nicht wie ein Sägewerk, sondern nur wie eine ganz winzige Kreissäge.

Ehe wir am nächsten Tag in Richtung Cham weiterradelten, musste ich meine Tante Annerl noch fragen, ob denn der Vater, die Tante Erna, sie selber und der später noch dazu gekommene Onkel Hans wenigstens denselben Vater gehabt hätten? „Freila", antwortete die Tante Annerl entrüstet und ich war irgendwie zufrieden.

Als der Kirchturm von Blaibach langsam unsichtbar wurde, erinnerte ich mich noch daran, dass die Oma die besten Hendl der Welt mit Wammerl und Knödel hatte auf meinen Teller zaubern können. Und überhaupt war die Oma auch noch dazu die beste Schwammerlsucherin von Blaibach und der weiteren Umgebung gewesen.

2. Tag: Blaibach – Cham – Gleissenberg

Wenn man gut ausgeruht und mit der vollen Kraft des Alters auf sein Fahrradl steigt, fühlt man sich plötzlich jünger als man wohl jemals war. Ich spürte jedenfalls unglaublich viel Kraft in mir und die herrliche saftgrüne Landschaft am Regen reckte und streckte sich eitel dem blauen Himmel mit der wohlig warmen Sonne entgegen. Und auf dem dunklen Fluss mit seinen versteckten Wallern und den unzähligen Weißfischen paddelten stolze Väter mit ihren Söhnen gemütlich dem Städtchen Cham entgegen, in dem ich des öfteren bei der Tante Angela und dem Onkel Hans meine Sommerferien verbracht hatte. Meinem Cousin Günter durfte ich da nächtens die wildesten Indianer- und Cowboygeschichten erzählen und freute mich, wenn sich der Günter fürchtete, denn meine ausgedachten Geschichten waren unerträglich spannend und das dicke Indianerblut floss in Strömen, sodass sich ganze Bergseen rot färbten und mir selber manchmal ganz zweierlei wurde vor Grauen. Aber die Geschichten gingen doch immer gut aus und so konnten wir glücklich einschlafen in der felsenfesten Gewissheit, dass nur das Böse in die lodernde Hölle muss.

Die über achtzigjährige Tante hatte ein Schlagerl niedergestreckt. Sie lag schön warm eingepackt ein wenig blass auf der Couch, ganz rührend umsorgt vom Onkel, der seine pflegerische Aufgabe mit großem Ernst wahrnahm. Die pflegerischen Pflichten hatten seinem ansehnlichen Bäuchlein ratzputz den Garaus gemacht und so präsentierte sich der Onkel rank und schlank und fit wie ein neuer Turnschuh. Früher hatte ihn die Tante umsorgt, jetzt durfte er die Tante umsorgen, und irgendwie hatte ich das Gefühl, als würde es ihm gut gehen, in seinem neuen Job. Jedenfalls lächelte er nachsichtig, wenn Tante Angela das Kissen aufgeschüttelt haben wollte, nach einem Schluck Wasser verlangte oder ihr die Decke schon wieder verrutscht war. Das Leben ist doch eine einzige Überraschung!

Die Tante und der Onkel freuten sich sehr über unseren Besuch. Die Tante meinte launig, dass mein Sohn Julian genau ihre Kragenweite gewesen wäre, früher, als sie fesch das Tanzbein schwang und noch keine dritten Zähne in ihrem volllippigen Mund herumklapperten.

Und der Onkel Hans erinnerte sich, dass sein Trachtenhut am Grenzübergang Tillyschanz eine Grenzverletzung begangen hatte, als er ihm durch einen heftigen Windstoß vom Kopf gewirbelt worden war und drüberhalb des Schlagbaums auf tschechischem Gebiet landete. Unter dem Einsatz meines jungen Lebens hatte ich damals den Trachtenhut wieder auf bayerisches Gebiet zurückgeholt, scharf beobachtet von den tschechischen Grenzposten mit dem Maschinengewehr auf dem Beobachtungsstand. Dass die Tschechen nicht geschossen haben, rechne ich ihnen heute noch hoch an.

Der Abschied von Tante und Onkel war schmerzliche Umarmung. Die Tante fragte mich noch, ob ich weiterhin so wunderbare Sauereien schreiben würde, und als ich ja sagte, meinte sie nur: „Also, dann her damit!" Und so liegt mein Buch „Die Liebhaber meiner Geliebten" jetzt auf ihrem Nachttisch.

Am neu gestalteten Marktplatz in Cham, für mich war er dadurch völlig unbekannt geworden, verdrückten wir eine wunderbare Rosswurscht mit viel Senf. Ein Traum!

Ein Alptraum schlich sich in mein Gedächtnis. Es war in den immer viel zu langen Sommerferien bei der Tante Angela in Cham passiert. Ich spielte mit einem Nachbarbuben Spicker. Wir hatten die helle Freude daran, wenn sich der Spicker in die hölzerne Umrandung des Sandkastens bohrte. Und plötzlich, wie von Geisterhand geschleudert, bohrte sich der Spicker in die Wade meines Spielkameraden, Blut spritzte unsäglich. Mein Spielkamerad schrie wie am Spieß gebraten und ich schrie mit und flüchtete mich in die beruhigenden Arme meiner Tante Angela, verfolgt von den wütenden Freunden meines Spickerkameraden. Mir konnte nichts passieren, die Tante Angela war ja bei mir. Jetzt lag sie blass auf der Couch, von einem feigen Schlaganfall bewegungslos unter eine dicke Wolldecke gefesselt.

Wir radelten weiter in Richtung Waldmünchen dem kleinen Ort Gleissenberg zu. Gemütlich ging es zu, am Schluss doch heftig bergig, aber in der schönsten Landschaft des vorderen bayerischen Waldes. Die Einheimischen sagen, dass einem die Seele weit wird, wenn man über die Hügellandschaft ins Böhmische hinüberschaut. Ich glaub, das stimmt.

In Gleissenberg haben wir uns in einem gemütlichen Landgasthof einquartiert und ich habe in freudiger Erregung auf meinen Freund, den Dr. Bibe, eigentlich Dr. Peter Grünwald, gewartet, der zu uns stoßen und mitradeln wollte, die nächsten Tage.

Und so kam er am frühen Abend tatsächlich an, nassgeschwitzt, ein wenig außer Atem, mit einem viel zu großen Rucksack auf seinem kleinen Buckel und wir umarmten uns und hatten in dem Augenblick vergessen, dass wir uns schon über vierzig Jahre kannten und es uns mit uns noch nie langweilig geworden war. Älter waren wir auch nicht geworden. Er lediglich platterter und ich grauer, aber sonst ganz die alten Jungen.

Und das Geilste war: In der Gaststube durfte man rauchen, aber nicht im menschenleeren Nebenzimmer. Natürlich maulte mein lieber Freund, der Arzt darüber. Maulte noch mehr, als ich mir nach einem deftigen Abendessen ein Zigaretterl drehte. Aber nach dem zweiten Weißbier rauchte er auch eine, genussvoll, mit vorwurfsvollem Arztblick.

In der Nacht bellte angstvoll ein Hund. Lang anhaltendes Hundegebell: Schicksal, das dich sucht und findet, hatte ich amal irgendwo gelesen. Ich wusste nicht mehr bei wem. Der weiße Store am halboffenen Fenster tanzte leicht im Windhauch. Das Schicksal meinte es gut mit mir.

3. Tag: Gleissenberg – Eslarn

Der Tag begann damit, dass ich mich einen nie enden wollenden Berg hinaufquälte, mich Frau, Kinder und Freund Bibi hoffnungslos absägten und ich Radltour, Radl, den blauen Himmel und den Sonnenschein verfluchte. Mir war schlecht, abgrundtief schlecht. Ich wusste, dass ich keinen Bohnenkaffee vertrug und trotzdem hatte ich am Morgen drei Tassen in mich hineingeschlürft, mit dem niederschmetternden Ergebnis, dass mir flau bis kotzübel im Magen war und meine Beine zittrig. Mein Freund Bibi erwartete mich sorgenvoll an der nächsten Kehre, fühlte meinen Puls, schaute mitleidig in mein kasiges Gesicht und fragte: „Gehts no?" Es ging noch, aber wie halt? Ganz langsam halt, elendig langsam.

In Schönsee, Hotel Seerosen, durfte ich in einem netten Biergarten endlich Brotzeit machen und schön langsam kehrten meine auf ewig verloren geglaubten Lebensgeister zurück. Vielleicht auch deshalb, weil ich noch nie in meinem bisherigen Leben eine so nette Hotelbesitzerin wie diese Frau Haberl vom Hotel Seerosen getroffen hatte. Unglaublich, dass so eine freundliche Frau in diesem Leben ohne Schaden an Leib und Seele überleben konnte. Aber offensichtlich konnte sie. Denn ihr offenes Gesicht strahlte hinaus in diese finstere Welt, ohne Argwohn, ohne Angst, voller Zuversicht. Mit der Münchner Gastronomiefamilie Haberl war die Frau Haberl aus Schönsee nicht verwandt und ich habe versprochen, sie bekannt zu machen, da mir ja, wie ich gegenüber Frau Haberl aus Schönsee nicht ohne Stolz betonte, die Familie Haberl aus München nicht ganz unbekannt sei, und das hat Frau Haberl aus Schönsee dann grad so tief beeindruckt, wie sie mich schon beeindruckt hatte. Und so schieden wir sehr beeindruckt voneinander!

Vorher hatte Frau Haberl noch für uns in Eslarn im Hotel „Zur Krone von Bayern" die Übernachtungen telefonisch perfekt gemacht. Traumhaft, diese Frau.

Vor Eslarn fürchtete ich mich ein wenig, denn ich war mir ziemlich sicher, dass die Holzbaracken, in denen wir Anfang der Fünfziger Jahre gewohnt hatten, dem Erdboden gleich gemacht worden waren. Die Sicherheit wurde bald zur Gewissheit und nicht einmal mehr in den Gehirnen der Alten fand sich ein Hauch an Erinnerung. Schade!

Den haselnussgesäumten Hohlweg zu den beiden Holzbaracken und den tiefdunklen Bierkeller fand ich auch nicht mehr.

Der tiefdunkle Bierkeller ist mir in der schönsten Erinnerung, da wir Kinder da immer Bier zuzeln durften, wenn der Knecht des wohl damals größten Bauern im Dorf mit der Milchkanne Bier holte. Da steckte der rotgesichtige, uns Kindern wohlgesonnene, prankenstarke Knecht einen Gummischlauch ins Bierfass und wir zuzelten, und zuzelten, bis uns das köstliche Nass in die Kehle rann. Was waren wir danach immer fröhlich!

Durch den haselnussgesäumten Hohlweg ging ich bei stockdunkler Nacht nur lautstark vor mich hinpfeifend, schwang dazu die Millekandl und fürchtete mich trotzdem. Wenn der Vater und der Schäferhund Benno aber daheim waren, fürchtete ich mich nicht. Überhaupt fürchtete ich mich nicht, wenn der Vater irgendwo in der Nähe war.

Als ich mich amal auf dem Heimweg von der ersten Klasse Volksschule befand, bestaunte ich ein grasgrünes Rennrad, welches an die Hauswand eines Rohbaus gelehnt war, so lange, bis es umfiel und mir der Besitzer, ein rothaariger sommersprossiger Zwanzigjähriger, eine Watschn gab, da er glaubte, ich hätte sein Radl umgeschmissen. Aber das war ich nicht gewesen, höchstens mein neugieriger Blick oder der böhmische Wind.

Und so war mir grad recht, dass der Vater um die Ecke gebogen kam mit dem Schäferhund Benno und dem strengen Vaterblick und mich fragte, warum ich denn flennen würde. Ich erzählte alles haargenau und so gab der Vater dem rothaarigen Sommersprossler eine Schelln, dass es ihn in den Sandkasten vor dem Haus drehte, und als der Benno noch schön dazu knurrte, klapperten dem Rothaarigen die Zähne. Vielleicht auch nicht, aber damals meinte ich schon, dass man das Klappern ganz weit hatte hören können.

Ich drehte mit gepäcklosem Radl, das jetzt leicht wie ein Renner bei der Tour de France war, am frühen Abend einige Runden durch dieses Eslarn. Ich fand die alte Volksschule und den Friedhof wieder, in dessen Leichenhalle ein Schulkamerad von mir stocksteif im offenen Sarg aufgebahrt gelegen war, gestorben an Diphtherie, wie meine Mutter, mit kummervollem Blick auf mich, erzählt hatte. Der Schulkamerad war der erste Tote gewesen, den ich in meinem jungen Leben gesehen hatte. Danach besuchte ich die kühle Pfarrkirche, zündete für jeden meiner Mitfahrer eine Kerze an, man weiß ja nie, und war ganz zufrieden mit meinem Dorf, das ich bald fünfzig Jahre nicht gesehen hatte.

Im Hof vom „Zur Krone von Bayern" flickten der Bibe und mein Sohn Julian fast fachmännisch einen Platten. Es sollte das einzige Loch auf der 375 km langen Radltour bleiben und da kann man doch beim besten Willen nicht absichtlich meckern.

Über das Abendessen gab es auch nichts zu meckern, und als wir nur noch die einzigen Gäste in der Wirtsstube waren, setzte sich der Wirt plaudernd zu uns, und da er in meinem gesegneten Alter war, konnten wir uns wahre und erfundene Geschichten vom ewigen Fußballkampf zwischen Eslarn und Waidhaus erzählen. Das war in dieser Zeit gewesen, als die legendären Gebrüder Grundler als Rechtsaußen und als Mittelstürmer beim TSV Waidhaus sensationelle Tore schossen und die streit- und rauflustige Mutter der beiden die Pfeifenmänner in Schwarz regelmäßig zur Gaudi der Zuschauer mit dem Regenschirm verprügelte. Ein Spiel ohne prügelnden Regenschirm erschien in dieser Zeit absolut unvorstellbar. Und so erinnerten wir uns an alte Zeiten, als wären sie gestern gewesen, und vermissten sie nicht, da ja das Heute und Jetzt die einzige Zeit ist, die wirklich zählt. Mit der Family und dem besten Freund auf eine Radltour zu gehen, zählt in diesen unseren rasenden Zeiten doppelt.

Übrigens, und diese Geschichte, liebe Leser, würde ich an ihrer Stelle nicht glauben, auch wenn sie wahr ist: Der Wirt liebte als junger Mann abgrundtief ein überirdisch hübsches Mädchen, diese meine erste große vorpubertäre Liebe unter einem Johannisbeerstrauch. Den Namen dieses Mädchens verraten wir nicht. Die Welt ist noch kleiner als man denkt!

4. Tag: Eslarn – Waidhaus – Neustadt / Waldnaab

Von Eslarn nach Waidhaus zu radeln ist ein Katzensprung. Ich erkannte den alten Bahnhof sofort, die Pfarrkirche, die Schule. Ich erinnerte mich an das Fräulein Rauch, die ihren schwarzen Tatzenstecken und sonst niemanden liebte. Mir fiel meine Erstkommunion in der Pfarrkirche zu Waidhaus ein. Ein heißer Tag. Ich schwitzte im zu großen Kommunionanzug und den an diesem Tag verfehlten langen Unterhosen. Keiner hatte Mitleid mit mir. Der Vater nicht, die Mutter nicht und der Pfarrer erst recht nicht. Er predigte stundenlang von den Sünden der Welt, die mir zu dieser Zeit so unbekannt waren wie die Lust am eigenen und an unbekannten Körpern.

Die ersten Zweifel an dieser einzig wahren Religion krochen mir klammheimlich ins Gemüt, als die Kommunionkerze in der gleißenden Sonne zu schmelzen drohte und langsam zu einem Krummstab wurde, den meine Mutter verzweifelt für den Fotografen wieder in die Senkrechte brachte. Damals wusste ich noch nicht, dass es eine der vornehmsten Aufgaben der Frauen, ja sogar von Müttern ist, die krummsten Dinger wieder grade zu biegen.

Die Metzgerei Schickert an der Hauptstraße stand zum Verkauf. Unvorstellbar! Da hatte mir doch die Metzgerstochter Karin immer ein Paar Wiener zusätzlich zum Einkauf eingepackt, aus Liebe oder was das war. War dieses kostenlose Paar Wiener etwa an der Pleite der Metzgerei schuld gewesen? Ich bekam ein sechzigjähriges schlechtes Gewissen.

Wir radelten in Richtung tschechische Grenze zum Pfälzerhof. Den alten Steinbruch auf dem Weg dorthin, in dem wir Cowboy und Indianer gespielt hatten, fand ich nicht mehr. Auch die vielen kleinen Tümpel mit den eleganten Berg- und Kammmolchen, den geilen quakenden Fröschen und den scheuen Wasserschlangen waren verschwunden, eingeebnet zugunsten einer parkähnlichen Anlage, in der sich an diesem Tag keine Liebespärchen küssten.

Der Fußballplatz gegenüber dem Pfälzerhof war durch eine Straßenverbreiterung verdrängt worden. Dieser Fußballplatz war mein Leben gewesen. Hier verbrachten wir unsere Ferientage beim Köpfeln, beim Elfmetern. Hier schoss einer der Grundler-Brüder dem Vorstand des Turn- und Sportvereins Waidhaus die Pfeife aus dem erschrockenen Mund.

Lang ists her, dass ich in dem wuchtigen Zollhaus neben dem Pfälzerhof gewohnt hatte. Lange her, dass ich auf dem Weichselbaum im Garten geklettert war, ausglitt, langsam am Baumstamm entlang nach unten rutschte, mir den nackten Bauch blutig riss und von meiner Mutter erbarmungslos mit Jod behandelt wurde. Was hab ich gebrüllt!

Um den Schäferhund Alf habe ich damals schwer getrauert. Mein Vater hatte ihn erschossen. Genau zwischen die Augen vom Alf war die Kugel eingedrungen. Mein Vater hatte den Alf erschossen, da er ihn in den Oberschenkel gebissen hatte. Gnadenlos konnte mein Vater sein.

Mich hat der Schäferhund vom benachbarten Pfälzerhof auch gebissen, ins Knie, einfach so und grundlos. Ich habe ihn nicht erschossen. Ich habe am nächsten Tag wieder mit ihm gespielt und er hat auch so getan, als ob nichts gewesen wäre.

Der große Garten neben dem Zollhaus war kein Garten mehr. Ein Garten, in dem früher grüne Bohnen gewuchert hatten, Johannisbeersträucher voller saftroter Beeren hingen, Kohlrabi und gelbe Rüben bloß darauf warteten, von mir heißhungrig verschlungen zu werden. Und der Neuntöter spießte vorratssammelnd Käfer an die Dornen der Rosen. Feldhasen gab es auch in diesem Garten, da die kindskopfgroßen Blattsalate für unsere Familie und die Feldhasen locker ausreichten. Der Garten war jetzt ein Rasen, nicht einmal eine Wiese. Und der Weichselbaum war wohl rauchig qualmend durch einen Kamin entwichen.

Im Pfälzerhof erfuhr ich dann noch, dass mein Schulfreund Rigobert beim Gleitschirmfliegen ums Leben gekommen war. Ein wilder Hund war er schon als rotznasiger Bub gewesen. „Wos hod der Gleitschirmfliang müassn", sagten die Leute im Pfälzerhof.

„Dees hoda eitz davo, der Nasche." Ja, warum?

Beim Weiterradeln in Richtung Vohenstrauß fiel mir noch ein, dass in den fünfziger Jahren schwarze US-Soldaten vor dem Zollhaus Quartier genommen hatten. Ihr Maschinengewehr drohte nach Osten. Die aus dem Osten drohten auch. Man nannte das den „Kalten Krieg".

Meine jüngere Schwester Roswitha jedenfalls glaubte, dass die schwarzen Amerikaner nur schwarz angemalt sein konnten, und machte den Fingertest. Mit dem Zeigefinger strich sie einem der Schwarzen über die Backe und betrachtete ungläubig ihren Zeigefinger, als sich dieser nicht ebenfalls rabenschwarz zeigte. Der Herr Neger, wie meine Mutter zu den Schwarzen immer zu sagen pflegte, lachte herzhaft aus weiß blitzenden Zähnen.

Die Fahrt auf einer aufgelassenen Bockltrasse entpuppte sich als der wahre Genuss. Es ging immer leicht abwärts dem Waldnaabtal zu. Herrlich waren die Ausblicke auf diesen Oberpfälzer Wald, den ich seit meiner Kindheit mit seinen dottergelben Pfifferlingen, den stolzen Steinpilzen und den feurigen Rotkappen so liebe.

An der Waldnaab legte ich mich bäuchlings ins Gras, schaute in ihr dunkles, gemütlich gurgelndes Wasser, drehte mich dann auf den Rücken und träumte mich durch grüne Baumkronen zum blauen Himmel. Meine Kindheit muss traumhaft gewesen sein.

5. Tag: Neustadt / Waldnaab – Amberg

Ein heißer Tag. Die Sonne glühte vom weiten Himmel, der sich wie immer in freundlicher Zuneigung über dem nördlichen Oberpfälzer Wald wölbte. Wir fuhren in Richtung Weiden in der Oberpfalz, der Max Reger-Stadt mit dem prächtigen Rathaus und den locker bestuhlten Cafes auf dem Stadtplatz.

Dem Max Reger bin ich begegnet, als ich elf Jahre alt war. Ich saß in der ersten Bank der ersten Klasse des Gymnasiums im Augustiner-Internat zu Weiden. Der Augustiner-Pater Amandus Haas, – Augustiner sind übrigens die mit der schwarzen Kuttn und dem langen schwarzen Lederriemen – , der Augustiner-Pater Amandus Haas hielt in dieser meiner ersten Klasse die erste Stunde und frage in dieser ersten Stunde mich, warum gerade mich, als Erstes: Wer war Max Reger?

Selbstverständlich wusste ich das nicht, da mein Vater ein gnadenloser Anhänger der Original Oberkrainer und meine Mutter den Schlagern der zwanziger Jahre in heftiger Zuneigung verfallen war.

Schlager, richtige Schlager waren das: Was machst du mit dem Knie lieber Hans beim Tanz und Was macht der Meier am Himalaya oder Ich hab das Fräulein Helen baden sehn, das war schön, da kann man Waden sehn, so rund und schön…

Ich wollte aber dem Pater Amandus Haas nicht schon in der ersten Schulstunde jegliche Antwort auf die Frage nach dem Max Reger schuldig bleiben und so tippte ich als Fußballer der Schülermannschaft des TSV Waidhaus darauf, dass der Max Reger wahrscheinlich Rechtsaußen bei der SpVgg Weiden sein müsse.

Das war falsch!

Wer war also Max Reger?

Max Reger war ein genialer Komponist, der von 1873 bis 1916 gelebt hatte, ein zärtlicher Liebhaber und eine „durstige Seele“. Er genoss seine Sturm- und Trankzeit, die er in Wiesbaden verbracht hat, in vollen Zügen:

„Ich lade Sie zu einer Flasche Niersteiner Glöckl oder Rüdesheimer Berg – famoser Wein – ein, aber bezahlen müssen Sie!"

Soweit also die Begegnung mit Max Reger während meiner Schulzeit.

Und jetzt stand ich vor dem Max Reger-Rathaus in Weiden und versuchte mich zu orientieren. Mir war tatsächlich nach lächerlichen fast fünfzig Jahren entfallen, wie ich zum Augustiner-Internat radeln musste. Aber, die Weidener sind ja urfreundliche Oberpfälzer und so erreichten wir dank oder wegen der unzähligen widersprüchlichen Wegbeschreibungen dieser netten Menschen in dieser glühenden Hitze mein ehemaliges Internat.

Schön! Ich war schwer beeindruckt und konnte im ersten Moment gar nicht glauben, dass ich in diesem riesigen Bauwerk eineinhalb Jahre meines Lebens mit Tatzen und Stockschlägen auf den nackten Popo, nach den vielen verpatzten Schulaufgaben, verbracht hatte. Aber, im Eingangsbereich des Hauptgebäudes erkannte ich sogleich den Fußballplatz, der wie eine städtische Schwimmhalle ohne eingelassenes Wasser aussah. Ich hatte auf diesem steinernen Fußballplatz nach jeder Niederlage geweint. Ich habe damals viel geweint.

Jetzt durfte ich mit Erlaubnis der Pförtnerin durch die Gänge meines ehemaligen Internats schlendern, verfolgt von den großen Augen meiner Tochter und meines Sohnes. Da hams gschaut, wos gsehn ham, wo der Vater schon überall gwesen war.

Wir kamen am weitläufigen Speisesaal vorbei und meine Ohren vernahmen die Stimme vom Pater Amandus Haas: Silentium!

Die Kinder fotografierten mich noch vor diesem Collegium Augustinum. Dann stiegen wir wieder auf unsere Radln, schließlich wollten wir heute noch nach Amberg.

Auf dem Weg dorthin, kurz vor einem kleinen Weiler, dessen Name mir leider entfallen ist, kamen dunkle, bläulich schwarz gefärbte Gewitterwolken auf. Der säuselnde Wind verstärkte sich zu orkanartigen Windböen. Schwere Regentropfen klatschen auf die schmale Teerstraße, der Wind wurde immer heftiger und wir hatten Glück, dass er unsere Räder nicht in den Straßengraben schmetterte. Wir kamen kaum vorwärts. Blitze zuckten krachend vom Himmel. Wir strampelten angstvoll keuchend dem kleinen Weiler mit seinem Friedhof, seiner Kirche, dem Bauernhof und dem Wirtshaus entgegen. Die Erde bebte unter den Einschlägen der zuckenden Blitze. Mir war gar nicht gut. Ich wollte mit meinen lächerlichen sechzig Jahren auf gar keinen Fall den frühen Tod durch einen noch lächerlicheren Blitzschlag erleiden. Was war denn das für ein Tod für einen Dichter! Also trat ich in die Pedale, Regengüsse überschütteten meinen nach vorne gekrümmten Körper. Ich konnte meine Frau nirgendwo durch den peitschenden Regen erspähen, meine Kinder waren mir aus dem Blick geraten, mein Freund Bibi quälte sich mit kasiger Nase an mir vorbei, den Blick starr auf den am Ortseingang liegenden Friedhof gerichtet. Der Friedhof, dieses Symbol von Ende und nicht von Anfang, lag gespenstisch im Auf und Ab des flackernden Lichts der kräftigen Blitze, und Donner grollte bedrohlich, grad so, als wollte er uns endgültig vernichten.

Kein Blitz vernichtete und auch kein Donner. Als wir mit klapprigen Gliedern das überstehende Dach des Wirtshauses erreicht hatten, verzog sich dieses Gewitter uns verfluchend augenblicklich und bald war nur mehr das angstvolle Geschrei einer Sau zu hören, die wohl gerade abgestochen wurde, weil es am nächsten Tag eine Beerdigung gab. Wir lächelten jetzt, als ob nichts gewesen wäre.

In Amberg rasteten wir kurz auf einer der Ruhebänke in der Fußgängerzone vor der Stadtpfarrkirche. Ich zündete darin noch heimlich vier Opferkerzen an und merkte erst erschrocken auf dem Weg zum Bed&Bike-Hotel, dass ich die Opferkerze für mich vergessen hatte. Unter dem Vorwand, meine Regenjacke auf der Ruhebank vergessen zu haben, kehrte ich um.

Ich hatte Amberg in keiner guten Erinnerung. Mit dem Vater und der Mutter war ich durch dieses Städtchen auf dem Weg nach Cham oder Blaibach immer nur durchgefahren. Immer in Eile, immer in Hektik, wies halt so ist, wenn man in den Urlaub hinein-fährt, der zur Erholung da sein soll.

Auf Empfehlung der Hotelmanagerin schlenderten wir durch die-ses nette Amberg zu einem kleinen Biergarten, der schön unter Kastanien, umgeben von einer kräftigen Mauer, versteckt an ein Wirtshaus geduckt, gelegen ist. An die wunderbare oberpfälzische Küche in diesem Biergarten darf ich mich gar nicht erinnern, weil mir sonst schon wieder das Wasser im Munde zusammenläuft zu rauschenden Wasserfällen wie die im brasilianischen Iquazu.

Ein Bekannter von mir war nach seiner Verrentung von Wolfrats-hausen übrigens nach Amberg verzogen. Damals konnte ich seine Entscheidung nicht verstehen! Wir verließen Amberg am nächs-ten Tag, einem Samstag, ein bisserl traurig irgendwie.

6. Tag: Amberg – Neumarkt in der Oberpfalz

Auf Neumarkt freute ich mich, wie ich mich früher als Bub auf das Christkind gefreut hatte. Ich wollte unbedingt das alte Zollhaus in der Gartenstraße wieder sehen, in dem ich die Geheimnisse weiblicher Körper erstmals erforscht, den Gasthof Wittmann mit Metzgerei, in dem ich riesige Currywürste verdrückt, und das Wirtshaus Glossner, in dem ich das wunderbare Glossner-Bier bis zum Verlust der Muttersprache genossen hatte.

Der Weg nach Neumarkt führte über den Markt Kastl, welcher von Plakaten der Schweppermann-Spiele übervoll beklebt war. Das Historienspiel erzählt vom Feldhauptmann Seyfried Schweppermann und seinem König Ludwig von Bayern. Schweppermann wurde unsterblich durch den Ausspruch seines Königs: „Jedermann ein Ei, dem frommen Schweppermann aber zwei!"

Die achtundsechzig Kilometer lange Tour von Amberg nach Neumarkt war nicht anstrengend, dafür aber sporadisch sehr regennass. Kaum hatten wir unser Regenzeug aber übergezogen, zeigte sich wieder die pralle Sonne. Also, Regenzeug wieder aus. Und so war die Tour doch ein wenig nervig, aber die Vorfreude auf Neumarkt war so groß, dass dies kaum störte.

Ich ahnte den Kirchturm der Stadtpfarrkirche, ehe ich ihn sehen konnte. Ich genoss die riesige Currywurst schon, ehe sie auf meinem Teller lag. Das Glossner-Bier gluckerte durch meinen Hals und ich roch wieder den erregenden Duft weiblicher Körper, wie sie vor vielen Jahren gerochen haben mussten.

Natürlich quartierten wir uns im Gasthof Wittmann ein. Vom Zimmerfenster aus konnte ich auf die Bahnhofstraße blicken, auf der ich einige hundert Mal zum Zug nach Regensburg gehetzt war. Oh Gott, war das lange her.

Ich duschte im Schnelldurchgang, da ich das kühle Glossner-Bier kaum erwarten konnte. Beim Gang über den Oberen Markt trieb ich zur Verwunderung meiner Mitradler zur Eile an, obwohl sich diese gerade an einem Straßentheater mit Aug und Ohr festgehört und gesehen hatten.

Das Wirtshaus Glossner gähnte vor Menschenlehre stumm vor sich hin. Wir nahmen gerade an einem der großen Holztische Platz, als eine steinalte Frau aus der Küche geschlurft kam. Ich erkannte die Frau Glosssner, die fesche Wirtin aus früheren Tagen nicht mehr. In ihr Gesicht hatten sich die tiefen Falten vieler Jahre gegraben. Knochig, zart und zerbrechlich dünn war sie geworden. Aber aufrecht freundlich stand sie vor uns, um unsere Getränkebestellung aufzunehmen, die sie mit dünnen Fingern flink notierte. Meine Frage, ob es auch etwas zum Essen gäbe, bejahte sie, fügte aber bedauernd hinzu, dass es wohl dauern würde, da sie heute alleine in der Küche wäre. Wir waren uns sicher, dass wir erst um Mitternacht unsere drei Schnitzel, einmal Schweinsbraten und einmal Bratwürste auf unseren Tellern haben würden. Noch nie hatten wir uns so getäuscht!

Als mein Glas noch halbvoll war, umschmeichelte bereits unbeschreiblicher Wohlgeruch meine Nase aus der Küche. Und als nur noch ein lächerliches Noagerl in meinem Glas auf seine völlige Vernichtung wartete, rutschte schon vorsichtig ein Teller mit Sauerkraut und diesen köstlichen Bratwürschten über den hölzernen Wirtshaustisch mir entgegen. Mein Freund Bibi staunte mit den Augen eines Ungläubigen auf seinen Braten mit drei dicken Scheiben Schweinernem und einem dampfenden Knödel, der so groß war, als hätten die Hände eines Holzfällers ihn geformt. Dass die Schnitzel beidseitig über den Tellerrand hingen, erwähne ich nur der Vollständigkeit halber. Uns störte nicht mehr, dass wir an diesem Abend die einzigen Gäste in der alten Gaststube blieben, die seit meiner Jugendzeit ihrer altmodischen Gemütlichkeit in zäher Beharrlichkeit treu geblieben war.

Unseren Verzehr rechnete Frau Glossner kopfschnell auf einem Bedienungsblock zusammen. Ich rechnete auf dem Rückweg zum Gasthof Wittmann mühevoll nach. Die steinalte Frau hatte sich nicht verrechnet. Von den fünf Euro Trinkgeld hatte sie übrigens nur drei angenommen. „Zvui is zvui", war dazu ihr dürrer Kommentar gewesen. Im Gasthof Wittmann erfuhr ich von den Stammtischlern, dass die knochig, zarte, zerbrechliche Frau schon zweiundneunzig Jahre zählte. Ich erfuhr außerdem, dass man diese „zaache Alte" nur in einem Sarg aus ihrer Wirtschaft bringen könne. Wie sollte es auch anders sein, dachte ich in stiller Bewunderung.

Am Stammtisch beim Wittmann saßen einige Grauschöppelige beim schalen Bier in ein stockendes Gespräch vertieft, das nur aus Wortfetzen zu bestehen schien. Ich schnappte hin und wieder so ein oberpfälzisches „wauo" oder „doau" auf und wollte eigentlich meinen Körper schon ins Doppelbett im ersten Stock schleppen, als ich der Bedienung unvorsichtigerweise viel zu laut noch von den Currywürsten erzählte, die ich vor über vierzig Jahren hier schon verzehrt hatte. Die Stammtischler stutzten und schon saß ich bei ihnen am Tisch. Meine Kinder, meine Frau und mein Freund Bibi gingen wortlos. Sie wussten, dass mir eine lange Nacht bevorstand, eine lange Nacht, gegen die ich mich kaum wehren würde.

Die Mannen am Stammtisch kannten natürlich alle den Bernhard Karg, ehemals beinharter rothaariger Stopper beim ASV Neumarkt, neben dem ich so gerne rechter Läufer gespielt hatte, da der wegputzte, was mir nicht gelungen war wegzuputzen.

Und den Hegel, genannt Pele, unseren damaligen schokoladefarbenen Torwart, neben dem ich mich ungern bei Eckbällen aufhielt, da mir sein Torwarteifer, gepaart mit fürchterlicher körperlicher Kraft, immer ziemlich Angst machte.

An den Günter Müller erinnerte man sich auch: Bayerischer Vizemeister im Boxen. Ob er im Fliegen- oder Leichtgewicht Vizemeister geworden war, konnte an diesem langen Abend mit den vielen Bieren nicht mehr geklärt werden.

Über was und wen wir an diesem langen Abend mit den vielen Bieren noch gesprochen haben, ist mir am nächsten Morgen brummschädelig und nebelig trüb entfallen. Jedenfalls hat meine Frau behauptet, dass ich in der Nacht mehrere Hektar Wald ziemlich rücksichtslos umgesägt hätte.

7. und letzter Tag mit der Rückfahrt nach München

Bibi wollte am frühen Vormittag mit dem Zug nach München zurückfahren. Ich wollte unbedingt vor der Rückfahrt noch einen Besuch machen. Ich brachte Bibi zum Bahnhof, von dem ich so oft nach Regensburg in die Arbeit gefahren war oder zum Nürnberger Club, als der noch groß und stark war. Natürlich fuhr der Zug wegen Bauarbeiten nicht planmäßig über Ingolstadt, sondern über Nürnberg nach München. Mich wundert bei dieser Bundesbahn nur mehr, wenn sie planmäßig fährt.

Und so schob der Bibi sein Mountainbike in den unplanmäßigen Zug und wir winkten uns herzlich in fast vierzigjähriger Verbundenheit zu und wussten, dass es nur ein kurzer Abschied sein würde. Super, dass der Bibi bei meiner Fahrt in die Vergangenheit dabeigewesen war. Super, dass ich ihn bald wiedersehen würde. Mit sechzig Jahren findet man keinen neuen Freund mehr!

Unbedingt wollten wir noch die Mutter meines ältesten Freundes Stocki besuchen. Mit dem Stocki hatte ich meine nachpubertäre Zeit verbracht. Die wohl lustigste Zeit meines Lebens. Discos gab es damals ohne Zahl, Mädchen in Petticoats und taftvollen Haaren suchten junge Burschen und beide suchten das Abenteuer oder waren auf der Suche nach abenteuerlicher Liebe. Es wurde mehr gesucht als gefunden und oftmals schmerzte Liebesleid abgrundtief. Grad so wie im späteren Leben auch. Aber auch im späteren Leben nutzt die Erfahrung vieler vorangegangener Lieben bei einer neuen Liebe nichts.

Stockis Mutter öffnete auf unser Läuten nicht gleich. Eine Nachbarin beäugte uns vorwurfsvoll und misstrauisch, als wir nicht aufgaben. Ich läutete wieder. Und da öffnete sich die Tür und Stockis Mutter stand vor uns: Jogginghose, weiter Pullover. Nasse Haare. Ungläubiges überrschtes Staunen blickte uns entgegen. „Also na, so an Bsuach, so unangemeldet, konn ich eigentlich net ham. Kommts rei, as nächste Mal melds ich o!"

Und Stockis Mutter sprudelte am Küchentisch viele Worte, Worte voller Zuneigung, voller Erinnerung, gedankenschwere und leichte, so dahingesagte Worte, wie man sie am Küchentisch leidenschaftlich spricht.

Und bei einer vorherigen Anmeldung, sprudelte sie vorwurfsvoll, würde jetzt ein Schweinsbraten auf dem Tisch stehen, aber so halt nur ein Mineralwasser und sonst nichts. Ich suhlte mich in ihren heiteren Erzählungen und meine Frau und die Kinder genossen die erzählte Vergangenheit, bei der man auf die Zukunft kurzfristig gern verzichten konnte.

Unverzichtbar aber war dieser Vormittag bei Stockis Mutter gewesen. Einer Frau, der das Schicksal mehr heimgezahlt als gegeben hatte und die doch in heiterer Gelassenheit ihr altes Leben würdevoll dem Ende entgegensteuerte.

„Ich sehe zwar schlecht", meinte sie zum Abschied, „aber sonst bin ich noch voll funktionstüchtig." Wie wahr!

Als wir im Zug nach München saßen, spitzte die Sonne aus grauen Wolken. Wir sagten zueinander kein Wort. Jeder träumte seinen Traum vom Leben, der ohne Vergangenheit nicht geträumt werden könnte.

Sis wias is

Sis wias is.
Und weils is wias is,
Is wias is.

Is so?
Is so!

Na oiso!